ネンネの木

タウンコレ大魔王

3	ゲンキな王様		13
4	キンギョとロボット		17
5	ハハ		21
6	たまごかけごはん		24
7	オムライス		31
8	ラーメン		39
9	君の名は		44
10	雪月花		47
11	ピンクの象		50
12	ブーメラン		54
13	なぜ、いま		58

1 ヨルノ　ヤミ

ムラサキヌマというスキー場のある森の奥に、ヨルノ・ヤミという魔女が一人でペンションを営《いとな》んでいました。ヤミは、銀色の髪の毛をふりみだし、年を取った、のら猫《ねこ》のような暗い目をして、青い屋根のひさしの下で、いつもそのペンションに泊まってくれるお客さまを待っていました。

その冬は、雪が三メートルもつもり、ムラサキヌマは目のさめるような白に包まれて、たくさんのスキー客を迎えました。ところが、ヤミのペンションを訪《おとず》れる人は、一人もいませんでした。森の奥でしたし、第一ヤミの顔があまりにも冷たかったからです。

ヤミは、ぷんぷん怒りながら雪をかきました。

「フン、金のないやつらは、わたしの宿がりっぱすぎて寄り付けないってわけだ。」

スコップをふるう手を休めて、たばこを吸いながら早くも夜のしのびよる森をつまらなそうにながめていますと、森の奥のスロープを白いひげを生やした大男が一人すべり降りてきました。ゲレンデではないので、ヤミが不思議に思っていますと、大男はシャリッと魔女の家の裏手でストップしてみせて、ヤミに声をかけました。

「今夜、泊めてくれる?」

ヤミの顔が、池に石でも投げたように、喜びの輪を広げました。

「はいはい、おいしい食べ物をごちそうしますよ。」

と、はきはき答えると、大男は、くちごもりくちごもりいいました。

「お金というものは、持っていないのだが・・・。」

「な、なんだって?」

ヤミは苦い薬をのんだような顔つきをしました。すると、大男は小さな紙袋に入ったものをさしだしました。

「そのかわり、ネンネの木のたねをわけてあげよう。春になったら、黒い土にまいてごらん。」

「なにさ、こんなもの！」

ヤミは、その紙袋《かみぶくろ》をらんぼうにふりはらいました。紙袋は、大男の手をはなれて、遠い雪の上に落ちました。

大男は、あわててそこへとんでいきました。

細《こま》かいたねが雪の上に広がっていました。たねも雪色なので、雪に吸いこまれたように見えました。それでも、大男は腹ばいになって、一生けんめい粒を拾っては紙袋に入れました。

「フン、なにがネンネの木だよ！　ばーか！」

ヤミはさっさと家の中に入ってしまいました。

あたりはもう夜が忍《しの》び寄《よ》ってきていました。が、暗くなるほど大男は目をするどく光らせて粒を拾い続けました。

カラス達が「おやすみ！」「おやすみ！」と鳴きさわいだあと、大男はやっと腰を上げました。

「よしっと。」

大男は、もうヤミの家をふりむきもせず、夜風とともに去りました。

2　ネンネの木

春です。村をおおいつくしていた雪が解けて、黒い土が顔をのぞかせました。

冬の間とうとう一人のお客さまも来ずじまいでした。しかたなくヤミが近所のペンションで皿洗いの手伝いをしてもどってくると、自分の家の裏に、なんと大きなこけし人形みたいな太い芽が、にょっきりと生えていました。

ネンネのたねが落ちた地点です。

めずらしい芽なので、ヤミは、それがどんな木に育つのかが楽しみで、水や肥料を与え続けることにしました。

ネンネの木は、目に見えるような速さで成長しました。梢《こずえ》から、ワニの舌みたいな、長くて広い葉が八方につぎつぎとふきだしました。それが、炎《ほのお》のような赤さでした。木の形は、まるで日傘《ひがさ》を広げたようでした。

カラス達がものほしそうにその枝にとまりかけたとたん、はじかれたように落ちて、バタバタと、もがきながら死にました。

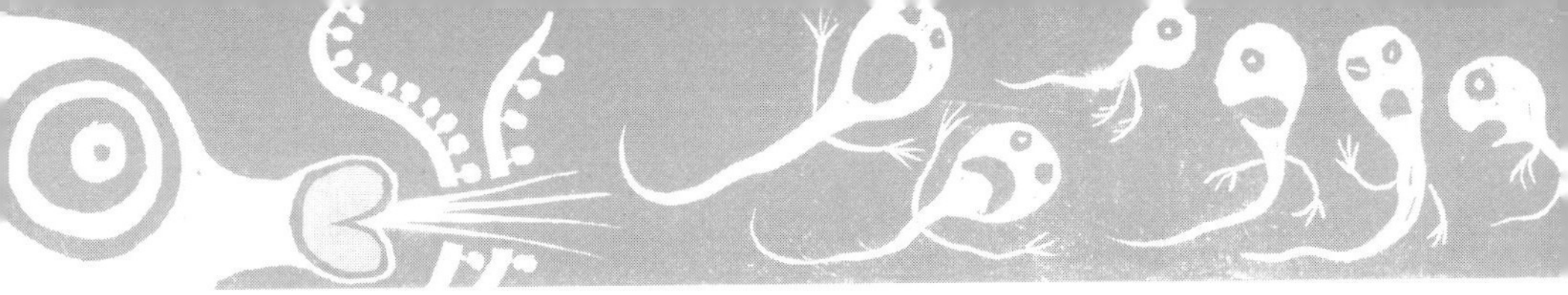

ヤミは、ふしぎに思って、まだ子ども用の日傘《ひがさ》くらいのネンネの木の幹にさわってみました。「ギャッ」と、手をはなしました。恐ろしく熱かったのです。それから眠れない夜が続きました。魔女のくせに、ヤミはこの木がきみ悪くてたまりませんでした。この木は、まるで地の底から恐ろしい言葉でも吹き上げているように見えました。

その幹《みき》は日に日に太くなるとともに、高さもぐんぐん伸びて、見下ろしていた木が見上げるほどに大きくなりました。梢《こずえ》からふきだす葉の色は、赤から紫《むらさき》に、青に、緑にと変わっていき、同時に幹の熱もさめて、安心してさわれるようになりました。

初夏にもなると、ネンネの木はさまざまな色でいっぱいの、巨大なビーチパラソルのようになりました。

六月の雨がネンネの木をけぶるように包んだすがたは、まるで何枚ものカーテンの奥に隠れた女王のようでした。ヤミは、いつのまにかこの木にとりつかれてしまっていました。

真夏の太陽がじりじりとふくれあがって、山を野を村を焼くようになると、

ネンネの木はこの時とばかりに背伸びして、葉という葉をいっぱいに広げて、金色の日光をぐびぐびと吸い取りました。

秋に入って、一番あとに出た緑の葉が茶色っぽくなり、全体が疲れたかのように色あせた時、パラソルのてっぺんに、どうやらめしべらしい赤い玉と、おしべらしい白いふさふさが、りりしく立っていました。

すると、小鳥たちが入れ替わり立ち代わりやって来て、そこで遊びました。

そんな風景を見上げるうちに、ヤミはこの木が自分にとてつもない幸せを恵んでくれるような気がしてきました。この木は絶対に他の人にはやれないと思いました。けれども、このままでは、いつ誰がこの木のめずらしさに目をつけて、ふたつとないこの宝物を奪《うば》う計画を立てないとはかぎりません。

きっと人々は美しい葉をよごしたり、ちぎったり、もぎとったりするでしょう。幹に傷《きず》をつけるでしょう。木の下で歌ったり、踊《おど》ったり、酒を飲んで騒《さわ》いだりするでしょう。それどころか、夜中にこの木を根こそぎ引き抜いて盗《ぬす》み出し、とんでもなく高い値段を付けて売り出すことだって考えられます。

そんなこと、どうしてもさせてはなりません。ネンネの木は、ヤミだけの宝

物なのです。ヤミは、どうしたらこの木を守れるかで夜も眠れませんでした。

3　タウンコレ大魔王

ムラサキヌマから車で一時間ほど走ったところに、エンピツ山がそびえていました。山の上には、大魔王タウンコレの住むトンガリ城《じょう》が建っていました。タウンコレは七十九万五千二百四十匹のゴキブリの兵士と、八十六万五千二百四十匹の金バエのメイドに取り囲まれて、うまいものを腹いっぱい食べて、いつもおおいばりしていました。

ヨルノ・ヤミは、軽トラックでトンガリ城の門をくぐり、タウンコレ大魔王の前にひれふして、いいました。

「お父《とう》さま、私にカミツキヤを七匹貸してください。そうしたら、世界一すばらしいセーターを編んでさしあげます。」

タウンコレ大魔王は、ヤミの夫タオシッコレの父親です。また、カミツキヤ

というのは、大魔王が九十九匹も飼っている黒い、大きな猛犬《もうけん》です。

タウンコレはヤミを毛嫌《けぎら》いしていましたので、こう答えました。

「おまえは、かわいい息子《むすこ》の嫁《よめ》だからな。だが、二度とここに来るな。また来たら、ゴキブリをけしかけるぞ。」

「おー、こわい！」

ヤミは、七匹のカミツキヤを借りて、むりやりトラックにおしこむと、あわてて城《しろ》を逃げました。

ヤミは、自分の家の門を入ると、七匹のカミツキヤにきびしく命《めい》じました。

「ここに人が来たら、がんがんほえまくるんだよ。ネンネの木に近づこうとするやつは、片腕を食いちぎったってかまわないよ。いいね？」

カミツキヤ達はヤミの命令を守って、人声がするだけで気のくるったようにほえました。そのために、お客さまはもちろん、郵便配達員まで近づこうとしませんでした。

ところが、ヤミはこれだけでも安心できませんでした。ネンネの木を盗《ぬす》もうとする悪党がナイフを手に、ヤミを追いかけて来るようないやな夢を毎晩見ました。

しかたなく、ヤミはまた、トンガリ城《じょう》に向かいました。大勢のゴキブリを押しつぶして城門をくぐると、ヤミは大魔王の前にひれふしました。

「お父《とう》さま、ここにはツッツキヤという恐ろしいカラスがいますよね？ あれを七羽貸してください。そうすれば、世界一すばらしい毛糸のお帽子《ぼうし》を編んでさしあげます。」

タウンコレは、かんかんに怒っていいました。

「二度と来るなといったはずだ。・・・しかし、おまえは『カミツキヤがほしい』といったり、『ツッツキヤがほしい』といったり、どうして急に自分を守ろうという気になったのだ？

何があったのだ。」

ヤミは、考えておいた嘘《うそ》をつきました。

「私は今、悪い客におどされているのです。

その人は、この間うちの料理にハエが入っていたといって、宿賃《やどちん》を払わなかったのです。私が宿賃を請求《せいきゅう》すると、『こんな悪いペンションは、つぶしてしまえ！』と、こわしにかかっているのです。

お父さま、私に、お力を貸してください。」

「仕方ない。ツッツキヤを持っていけ。しかし、こんどこそ来るな。来れば、金バエをけしかけて、おまえを重病人にしてしまうぞ。」

「おっそろしい！」

ヤミは、七羽のツッツキヤを軽トラックにおしこみました。そして、自分の家の門の前まで来ると、七羽のツッツキヤにいいました。

「ネンネの木に近づくやつがいたら、つつきまくるんだよ。目玉をえぐったってかまわないよ。いいね？」

ツッツキヤは、郵便配達員はもちろん、どこからかまぎれてきた、シャボン玉をまでつつきまくりました。

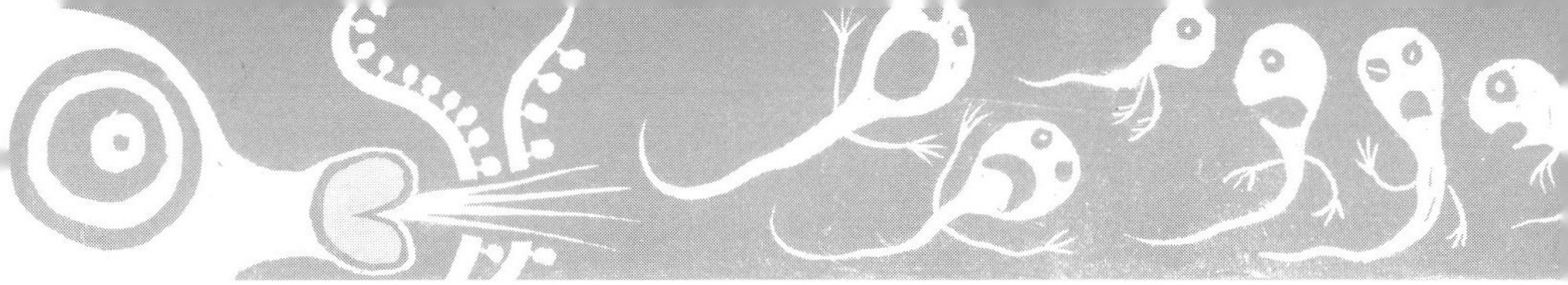

4　クイクイ袋《ぶくろ》

十月になると、ネンネの木は、そのパラソルの内側から透明な糸のようなものをいくすじもたらしました。その先に小さな実がついていました。よーく見ると、なんとドングリくらいの人間の赤ちゃんでした。葉のようなものに包まれて、ぐっすりと眠っていました。

ヤミは、胸を両手で押さえました。あまりのうれしさのあまり、ドキドキがはげしすぎて、破裂《はれつ》しそうでしたから。

ヤミはほくそえんで、つぶやきました。

「よーし、水と肥料をたっぷりやって、うんとおいしい子に育てよう。」

この魔女は、人間の子どもを油で揚《あ》げて、タルタルソースをかけて食べるのが、大好物でした。まるまると太ったおいしい赤ちゃんを頭の中に描《えが》くと、もうたまりません。つばがグビグビとあふれました。

実をつり下げた透明な糸が、ひもになると、赤ちゃんの実は、ビワほどの大きさになりましたが、たくさんの実のうち二十六個がチョコレート色に変わって落ちてしまいました。それは見るからにまずそうでしたから、ヤミは、「コンチクショ、コンチクショ。」と、残らず地面をほってうめました。

ひもがロープになって伸びるうちに、赤ちゃんもむくむくとリンゴくらいになりました。どの赤ちゃんの実も風に吹かれて、ゆーらゆーらとゆれながら、まだすやすやと眠っていました。これからどんな悲しみや苦しみに襲《おそ》われるかしれないのに。

そのいかにもおいしそうな寝顔を見ていると、ヤミは、またまた心配になりました。カミツキヤとツッツキヤが、昼も夜も目を光らせているだけではどうにも落ち着けませんでした。第一赤ん坊が地面に落ちたら、その犬とカラスがそれにかみついたり、つついたりするではありませんか。

赤ちゃん達のほおをなでていく風にさえも、神経をとがらせました。

「この風だって、町の人間どもに何を吹きこむかわかるもんか！　私がちょっと油断すれば、ある日怪《あや》しいやつらがやって来て、カミツキヤとツッツキヤを手なずけて、このおいしそうな実にかぶりつくかもしれない・・・。」

ヤミは、やもたてもたまらず、トンガリ城《じょう》のタウンコレ大魔王に三度目のお願いをしに行きました。

「お父《とう》さま、お願いします！　クイクイ袋《ぶくろ》を一年間貸してください。」

クイクイ袋というのは、大魔王ごじまんの魔法の袋です。タウンコレは、がんがんどなりつけました。

「だめだ！　いくらおまえがかわいい息子《むすこ》の嫁《よめ》だろうと、あれだけはだめだ！　とっとと帰れ！　四度と来るな！　今度来たら、オチコミ菌を一億匹、けしかけるぞ！」

ヤミはこれにめげず、城門にかじりついて、ギャーギャー泣きわめきました。

タウンコレは、ヤミに大勢のゴキブリをジャリジャリけしかけました。ヤミは気持ちの悪さで、体がキュウリのように真っ青になりましたが、それでも泣きやみませんでした。

タウンコレは、ヤミに大勢の金バエをブビンブビンけしかけました。ヤミはくすぐったさで体がナスのように真っ黒になりましたが、それでも泣きやみませんでした。

タウンコレはヤミに一億匹のオチコミ菌をけしかけました。ヤミは心も体もくさったキャベツのように落ちこんで、ぐちゃぐちゃになりましたが、それでも泣き止みませんでした。

タウンコレは、急に気になって、城門まで出むいて、ヤミに聞きました。

「おまえ、息子をだいじにしているか。どなったり、たたいたりしていないか。」

その息子の夫タオシッコレとは、数年前にけんか別れをしていましたが、ヤミは嘘《うそ》をつきました。

「はい。夫をヒヨコのように、だいじにしております。ご安心ください。

ですから、どうぞクイクイ袋を・・・。」

タウンコレは、長い間考えこんでいましたが、にがにがしく首をたてにふりました。

5　ギンギロタラントワーレ！

家にもどったヤミは、大人が三人楽に入れるほどの大きな黒いクイクイ袋《ぶくろ》を広げて、顔に怪《あや》しい笑いをどろどろと浮べました。

ヨルノ・ヤミがまだ若くてかわいいお嫁《よめ》さんだったころ、タウンコレ大魔王は、ヤミがかわいさについうっかりクイクイ袋を使って見せてくれたのです。あのときの感動をまた胸にふくらませられると思うと、体じゅうが熱くなりました。

ちょうどカマキリが、えさでもほしいのか、おずおずとはいよってきました。ヤミは、袋の口をカマキリに向けて、にやにやと笑いながらいいました。

「クイーッ、クイーッ、
ギンギロタラントワーレ！」

これを三度くりかえしますと、ふしぎにもカマキリはキッと袋の口を見て、

ビュッと、跳びこんでしまいました。吸いこまれるように・・・。

次の日、大きなカメラを肩に下げた、サングラスの若い男が、木の枝でカミツキヤとツッツキヤをはらいのけながら、ずんずんと向かって来ました。ヤミは、クイクイ袋をかかえて、走り出ました。

「うちは今お休み中です。お帰りください。」

「いや、ぼくはお宅に泊まりにきたのではありませんよ。鳥の写真を撮《と》りに来たのです。

「これより奥に入ると、恐ろしい人食いクマがいますよ。」

「まさか・・・。」

サングラスの内側の目が丸くなりました。

・・・その時でした。ネンネの木の方から、風が歌っているような、ふしぎに美しい声が、ヒョウヒョウと流れてきました。サングラスの男は、声に引かれて、ヤミに背を向けました。

ヤミは、あわてていいました。

「あれはただ、風が吹いているだけです。
なんでもありません。
・・・そっちへいってはだめ！
待ちなさい！」

サングラスの男は、かまわず、家の裏手に回り、ネンネの木へと進みました。

ヤミはクイクイ袋の口をサングラスの男に向けると、かん高くさけびました。

「クイーッ、クイーッ、
ギンギロタラントワーレ！」

これを三度くりかえすと、サングラスの男は、キッと袋《ふくろ》の口を見て、ドッと走って来て、両足を袋の中につっこみ、すっぽりともぐりこみました。袋は見る見る空気を抜いた風船みたいにちぢんでいき、しまいにぺっちゃんこになりました。だれもそこに入らなかったように。

ヤミはニタリと笑いました。

「いっちょう、上がり！」

すぐに袋をかかえこむと、ネンネの木にかけつけました。

歌っていたのは、ネンネの木に生《な》った赤ちゃん達でした。皆さわやかな風にゆったりとゆれながら、目も口も閉じたまま歌っていたのです。

6　ノンノ

ヤミは心の底から驚《おどろ》きました。

「赤ん坊は泣くものだ。この子達は歌っている。どうなっているのだろう。」

赤ちゃん達の声に聞きほれながら、ふっと思いました。

(食べてしまっては、もったいない。育ててやったら、けっこう私の役に立つかも・・・)

大きな子は、もうふつうの赤ちゃんと同じくらいになりました。重くなるにつれて、つるが伸びて、木は次々と赤ちゃんを切りはなしました。

初めに木からはなれた子は、やっぱり一番大きくて、じょうぶそうな男の子でした。ヤミは、まだかしわもちのように葉にくるまったその子をだきあげ

クィ〜ッ
クィ〜ッ
ギンギロ
タラント
ワ〜レ!

て、そのかわいさに、さすがにうれしそうに優しい声をかけました。

「魔女の腕にのんのしたね？」

それで、赤ちゃんの名前が**ノンノ**になりました。ヤミは、泉の水をわかした湯で、ノンノをさっぱりと洗ってやりました。

秋が深くなって、ネンネの木は赤ちゃんを一人残らず落としたあと、葉が最後の役目とばかりに真っ赤に色づいて散りました。この木から生まれた子は九十九人でした。

この子達全部に名前を付けるのを面倒くさがって、ヤミは、皆ノンノという一つの名前ですますことにしました。

（男の子だろうが、女の子だろうが、ひっくるめて、ノンノ1、ノンノ2、ノンノ3とかで呼べばいいか。

ま、それはそれとして、九十九人ものがきをどうやって育てよう。食ってしまってはおしいし・・・）

そう思うだけでも、ヤミはうっとうしくなりました。

ヤミは、アメ、キリ、カゼという三人の妹魔女達に子育てをまかせました。初めは三人とも断りましたが、養育料を払うといったら、しぶしぶ引き受けてくれました。それでも、妹のヨルノ・アメはふくれ面《つら》をして、ぼやきました。

「食べてしまえばいいのに・・・。」

ヤミは、すごい顔つきでいいました。

「今に必ずいいことがあるんだよ！」

この一言で、妹達はだまって姉に従いました。

子育てが始まりました。けれども、魔女達はだれも、子どもを少しもかわいいと思ってなかったので、ノンノ達にとって、とってもかわいそうなことになりました。

ノンノ達がネンネの木を離れた時は、六か月の赤ちゃんほどでしたから、首もすわり、物をつかんだり、寝返りが打てるようになっていました。オスワリも、ハイハイする子さえいました。

ノンノ達の「えさ」は、初めのうちは、スーパーで買ってきた牛乳でした。魔女達はそれをノンノ達の口に箱ごとむりやり流しこもうとしました。

まだ赤ちゃんなので、固いものは食べられません。それなのに、魔女達は町の食堂の裏口でもらってきた客のくさい食べ残しをいきなりノンノ達の口にねじこもうとしました。ノンノ達がいやがってはき出しますと、魔女達は腹を立てて、もうほったらかしでした。

ところが、ノンノ達がネンネの木を離《はな》れたときから、木の下に、つくしに似たかわいらしい草がすくすくと生《は》えて、ぐんぐん伸びてきました。ノンノ達がその草の穂《ほ》を口にくわえて吸《す》うと、まるで乳のような汁がジュクジュクと出て来て、ノンノ達の体にしみました。ノンノ達はこのジュクジュクを吸って育ったのです。

ノンノ達は皆はだかで、服を着せてもらえませんでした。魔女達は着せようとも思いませんでした。妹のヨルノ・キリは、こう、うそぶきました。

「こいつらは、どうせ人間じゃない。私達の食べ物だよ。食べ物に服はいらないよね。」

秋の深まるにつれて、寒さも次第に強まりました。特に夜は底冷えして、皆は一つに固まって過ごしました。

ネンネの木の枯れ葉の裏には細かい毛がびっしりと生えていました。ノンノの一人がその枯れ葉を体に巻きつけると、ほんのりとした暖かみがありました。そこで、皆ネンネの枯れ葉を体に巻きつけて眠りました。

冬に入って、寒さがいちだんと加わると、ノンノ達はいっせいに夜泣きをし始めました。九十九人もの赤ちゃんが、力いっぱい泣きさけびますと、森全体が夜泣きに揺れ動きます。まして魔女達は神経をキリキリとがらせて、髪の毛を逆立ててわめきました。

「だまれ！　くそがき！

泣き声で森をくさらせる気か！」

それでも、泣き止まないと、ほうきでノンノ達をめった打ちにしました。が、夜泣きは止むどころか、いっそうはげしくなりました。

妹のヨルノ・カゼがいいました。

「寒いんだろ。毛布でもやったら？」

ヤミは安い毛布を九枚買ってきて、投げ与えました。その毛布と、ネンネの枯れ葉にくるまって、ノンノ達は冬を越したのです。

ネンネの木の幹には柔らかいコケが生えましたが、手を使えるようになると、ノンノ達はそのコケをむしっては食べました。

どしゃぶりの雨が降っても、激しい風が吹いても、こわい夜になっても、ノンノ達は家に入れてもらえませんでした。窓の向こうでは、魔女達がだんろにぬくぬく暖まっているのをくやしそうに見つめていました。

家の玄関の前でうんちでもしようものなら、お尻を血の出るほどつねられました。

こうしたきびしい毎日にたえられず、二十二人のノンノが死にました。

それでも、七十七人のノンノ達が元気に育っていきました。初めは、ネンネの木の下で、イモムシみたいにはっていました。やがて、ネンネの木の幹につかまってよちよち歩きしていました。それから、ネンネの木のまわりで、キャッキャッとじゃれ合いました。まもなくネンネの木にノッコリノッコリとよじのぼり、枝につかまって、ブランブランしました。しまいには、枝から枝へと追いかけっこをはじめました。

ネンネの木はまるで、ノンノ達を遊ばせるお母《かあ》さんのように見えました。ノ

ンノ達は、ネンネの木をいつか「お母さん」と呼んでいました。

7　歌を歌ってはいけない

ヨルノ・ヤミはネンネの木のそばにノンノ達を集め、その周りをおとなのせいぐらい高い柵《さく》でかこって、えらそうな顔つきでいいました。

「今日から、この中が幼稚園だよ。」

「ヨーチエン？」

と、一番大きなノンノ1が首をかしげて、口まねしました。

ヤミはかまわず、つけたしました。

「そして、先生は私。これからは、ヤミ先生と呼びなさい。」

「センセイって？」

「えらい人です。」

「エライヒトって？」

「人の役に立つ人のことです。私はあなた達に食べ物をあげて育てているでしょ？」

ヤミは、ノンノ達を揚げて食べるために育てていることは、ないしょにしました。

「ところで、今日は規則をふたついいます。

規則は絶対に守らなくてはいけません。

守れない子は、私が食べて・・・いいえ、お尻ぺんぺんよ！　いいわね？」

「うん。」

と、ノンノ1が皆を代表していいました。

「うん、じゃない。はい、です！」

「はい。」

「一つ目は、この柵《さく》から出ないこと。」

「サクって？」

ヤミ先生は、柵をたたいていいました。

「これが柵だよ。ここから先へでてはいけない。二つ目は、歌を歌ってはいけない。」

「ウタ？」

と、ノンノ1がまた聞きました。

「お前達がよくやっているだろ？　これさ。」

ヤミは、きたない声でノンノ達のまねをして、歌いました。

「どうして、歌、いけないの？」

「どうしても！」

ヤミはたたきつけるようにいいました。

ノンノ達は、顔を見合わせてふるえていました。彼女は、妹達にもきびしく申《もう》しわたしました。

「あいつらがここからちょっとでも出たり、歌を歌ったりしたら、うんとぶちのめしておやり！」

ノンノ達は、早くも保育園の年長組くらいになっていましたから、皆いきいきとはしゃぎまわっていましたし、歌も口をそろえて。元気よく歌っていました。中には、ばけつの底を棒《ぼう》でたたく子もいました。

ヤミは、ノンノ達がひとりでもこの柵《さく》から飛び出したり、その歌が、風にのって、村のほうへ流れていくのを恐れたのです。

その後だれもやって来ないので、カミツキヤも、ツッツキヤも退屈《たいくつ》をもてあましていました。ところが、ノンノ達のほうは、この猛犬《もうけん》とカラスをめずらしがって、犬の尻尾《しっぽ》をひっぱったり、カラスに向かってアカンベーをしたりしました。けれども、カミツキヤもツッツキヤも。日ごろからヤミに子ども達にかみついたり、つついたりしてはいけないと命じられていましたので、何をされてもおとなしくしていました。

それをいいことに、ノンノ達はカミツキヤに話しかけて、とうとう友達になってしまいました。

すると、カラス達も友達になりたそうに、近くまで飛んできてつぶやいたり、話しかけたりしました。こうして、自然とツッツキヤもノンノ達となかよくなりました。

ある日、ヤミがまた、軽トラックに乗って出かけて行きました。けれども、

アメ、キリ、カゼの三人は残ってじろじろ見張っていたので、ノンノ達は好きな歌も歌えませんでした。

皆はつまらなくて、アリを踏んづけたり、鼻くそをほじくったり、くすぐりっこをしたりしていました。

ネンネの木は、今年も梢《こずえ》からワニの舌のような広く赤く長い葉をふき出していました。

ノンノ1は、そんなネンネの木をポケッとながめていましたが、何を思ったのか柵を飛び出すと、物干し場に干してあったヨルノ・アメの毒キノコ模様のパンツを盗んで、ネンネの木の上に放り投げました。

「だめ！　返しなさい！」

アメが、ギンギンとわめきながら、ノンノ1を追いかけました。

ノンノ1が逃げる間に、そのパンツは、ネンネの木の熱に焼かれて真っ黒になりました。

皆ワイワイさわぎ立てました。

ノンノ2は、毒グモの模様のブラウスを物干し場から盗《ぬす》んできて、ネンネの

木の上に放り投げたので、そのブラウスも真っ黒になりました。

「だめだめ！」

キリが、驚《おどろ》いてノンノ２を追いかけました。ノンノ２は、ネンネの木の周りを走りました。

ノンノ３は毒ヘビの模様のズボンをネンネの木に上に放り投げました。

「だめだめだめ！」

カゼがノンノ３を追いかけました。

こうして、魔女達のパンツとブラウスとズボンは、どれもネンネの木に焼かれてしまいました。

しかし、ヤミがもどって来たとき、ノンノ達は全員むごいおしおきを受けなければなりませんでした。

ツツジの花が庭を赤く染めたある日、リュックを背負った若い男女が、町からやって来ました。二人は腰にコグマの人形を下げていました。

七匹のカミツキヤは、待っていたとばかりにほえかかりました。ノンノ達

が、いっせいにさけびました。

「ほえないで！　この人達はお友達なの。」

カミツキヤ達はだまりました。コグマの男女は、目を丸くしました。

「きみ達、はだかで寒くないの？」

「ハダカって？」

と、ノンノ3が聞きました。

「はだかがわからないの？　服を着ていないことさ。」

「フクって？」

「へんな子。服も分からないの？　これだよ。」

男のほうが、自分の着た服をつまみました。そのとき軽トラックが、砂利《じゃり》を踏む音がしました。

「あっ、センセが帰って来た！」

ノンノ達は、ヤミ先生をセンセと呼んでいました。

軽トラックがザザッと止まり、ヤミが髪の毛を振り乱して降りました。すぐに家の中からクイクイ袋《ぶくろ》をかかえこんで出てくると、袋の口を二人に向けて、

かん高く叫びました。

「クイーッ、クイーッ、
ギンギロタラントワーレ！」

これを三度くりかえしますと、コグマの人形を下げた若い男女は、そそくさと袋の中にもぐりこみました。

すると、袋はすぐに空気を抜いた風船みたいにちぢみ、しまいに、だれもそこに入らなかったようにぺっちゃんこになりました。

七十七人のノンノ達がこのようすをしっかりと見つめていました。ヤミはたくさんの真剣《しんけん》な目をにらみ返して、いいわたしました。

「このことをだれにもいってはいけない。いった子は、私が食ってしまうからね！」

ノンノ達は、手を取り合ってふるえました。

この日から、陰ではセンセイをセンとしかいわなくなりました。

8　子ども服

いろいろな人がヤミの家をたずねて来るようになりました。

まず、小ぶとりの男と女が、ヤミにしつこく聞きました。

「このあたりで、つい三日前、コグマの人形を腰に下げた、若い二人を見ませんでしたか?」

「さあ、知りませんねえ。」

「男の方はまゆ毛が太くて・・・。」

「知らないといったでしょう!」

「女の方はえくぼがかわいく・・・。」

「知らないといったら、知らないよ!」

二人は、相手のすごい剣幕《けんまく》におびえて、すごすごと行きかけました。そのとき、ヤミは背中に隠していたクイクイ袋《ぶくろ》を出し、ねらいを定めてさけびました。

「クイーッ、クイーッ、
ギンギロタラントワーレ！」
・・・その三人も、袋《ふくろ》の中に入ってしまいました。この日からノンノ達は、ヤミのいないところでは先生を陰ではセとしか呼ばなくなりました。
三日後、大きな犬をつれた、ひげの男がやって来てヤミに聞きました。

「半年くらい前、カメラをかついだ、サングラスの男が来なかったかい？」

ヤミは、「知らない」といいはり、しまいにひげの男を大きな犬ごとクイクイ袋に吸い取ってしまいました。

七日たって、今度は警察官が二人来て、サングラスの男と、コグマの人形を下げた若い男女と、小ぶとり男の行方を尋《たず》ねました。ところが、ヤミはこの警察官達も、クイクイ袋に吸《す》い取ってしまったのです。ノンノ達は、その様子をずっと七十七人の両目に記録していました。

あごの大きな女の郵便配達員が、バイクで走って来て門の所にある郵便ポストに葉書を入れました。あごの大きな女は、家の前にいた八人のノンノ達を見て、「あれま！」と口をあけていいました。

いそいでヤミがクイクイ袋を持ち出しましたが、間に合わずに、あごの大きな女は去っていきました。

あごの大きな女は、きわめつけのおしゃべりでした。

ヤミの家の前に八人の子ども達がすっぱだかでいたことを郵便局の仲間達や、近所の人達にぶちまけて歩きました。


何人もの人達が、門のところから、魔女の家の方をのぞきこみました。ヤミは、アメにいいました。

「あの連中、何でこっちをじろじろと見ているんだろう。ああ大勢では袋に入れられやしないよ。」

「ふつう親は子どもに服を着せるからね。もうしばらく様子を見るしかないわね。」

「あんた、がきどもをすぐに家に入れなさい！　私これから町へ行って、子ども服を買ってくるから。」

ヤミは町から飛んで帰ると、妹達に買ってきた子ども服を投げて、「着せて

おやり!」と、いいました。

　ノンノ達は、生まれて初めてシャツや、パンツや、ズボンや、スカートを身につけてはしゃぎました。魔女達はその様子をにがにがしげに横目で見ました。

　若葉がいつか黒ずむころ、鉛筆のように細い新聞記者が鉛筆とメモ帳を手にやって来て、ヤミに聞きました。

「急に幼稚園みたいなものが、ここにできたと聞いてきたのですが・・・あなたがその園長先生ですか?」

「知りません。」

「園児は何人いるんですか?」

「知りませんよ。」

「園児は、ここまで通《かよ》ってくるんですか?」

「うるさいね。知らないよ!」

　鉛筆男は、それでもまだ何か知りたそうにしきりにきょろきょろしました。

　ヤミは、かかえていたクイクイ袋《ぶくろ》の口を鉛筆男に向けてさけびました。

「クイーッ、クイーッ、

ギンギロタラントワーレ！」

鉛筆男もクイクイ袋の餌食《えじき》になりました。この日からノンノ達は、陰で先生をセとも呼ばず、ヤミと呼び捨てにしました。

八月の末、身なりのきたない、六人の子ども達がやって来ました。ノンノ1が柵《さく》の上からのびあがって、その子ども達を見ていました。

一番年上の子がヤミにいいました。

「お父さん、お母さんが、地震で家の下敷きになって、死んでしまったの。ぼく達をこのうちの子にして下さい。お願いします。」

ところが、ヤミはこの子達を残らず、クイクイ袋に吸い取ったのです。ノンノ1がこのことを皆に話すと、泣いたり、地面をたたいたりしてくやしがりました。

9　♪さびしいな

九月には、はげしい暴風雨が何度も襲《おそ》いました。合羽《かっぱ》を着た警察官が九人も、けわしい顔つきで、ヨルノ・ヤミの家に入っていきました。が、入ったきり出てきませんでした。おそらく、クイクイ袋《ぶくろ》に入れられてしまったのでしょう。

十月の長雨の日、とうとう四人の魔女達は、警察の車に乗せられ、連れて行かれました。

その翌日にはまた、警察の大型トラックが着いて、ヤミの家の中のものをたくさん運び出して去りました。

ノンノ達は取り残されました。柵《さく》の中に子ども達を閉じこめたまま、いつまでたっても帰りませんでした。

ノンノ1が皆を見回して、笑っていいました。

「歌っちゃおうか！」

「お尻、ぺんぺんだぜ。」

「だってさ、ヤミ、いないよ。」

ノンノ1は、指先でつねるまねをしました。

「歌おう！」

「歌おう！」

「歌おう！」

皆がとんだり、はねたりしていいました。

「でも、小さい声で歌おう。どこかで、ヤミが聞いているかも・・・。」

「いいわ。初めになにを歌おうか。」

ノンノ7がなやみました。

歌を歌わなくなって、ずいぶん日がたちました。前には口をむすんだまま歌っていたのに、今はもうたくさん言葉を覚えました。できたら、言葉を使って歌いたかったのです。

「今の気持ちをそのまんま歌ってみよう。」

と、ノンノ1がいいました。

「じゃ、こんなのはどう?」

ノンノ7がきれいな声で歌いました。

♪さびしいな、さびしいな、

　とっても、とっても、さびしな。

すると、皆声をあわせて、「さびしいなの歌」を歌いました。すると、不思議にさびしさが消えました。

次にノンノ達が歌ったのは、「だーれもいないの歌」でした。次は「つまんないよの歌」でした。それから、「おなかがすいたの歌」、しまいに、「とびだそうの歌」を声をはりあげて歌いました。

まず、ノンノ1が、柵《さく》の一番上まで登って勢いよく、外へ飛び出しました。皆が思わず、手をたたきました。

これをきっかけに、ノンノ達はどんどん柵の外へ飛び出しました。皆の胸の中に熱い血がわきかえりました。新しい世界が開けたような気がしました。

ノンノ1は、皆を見わたしていいました。

「さあ、なにをする？」

「あの家に入ってみよう。」

と、だれかが声を上げました。

「よーし、入ろう！」

ノンノ1は、玄関《げんかん》のドアを開けようとしました。が、ドアには鍵《かぎ》がかかっていました。皆で入れそうな所を探すと、トイレの窓が見つかりました。やっと子ども一人入れる広さでしたが、なんとか皆入りました。

ノンノ達は、わくわくして、家の中を見回しました。

10　食べ物の宮殿《きゅうでん》

警察のトラックが運んでいかなかったものが、たくさん残っていました。

まず大型の冷蔵庫。それはノンノ達が生まれて初めて見るものでしたから、開けるのをこわがりました。皆開けたがらず、だまってノンノ1を見つめてい

ました。

ノンノ1が勇気を奮《ふる》っていいました。

「よし、ぼくが開ける。でも、ヘビが飛び出すかもしれないから、皆も気をつけろ。」

皆が身構《みがま》えました。ノンノ1は外から持ち込んだ太い木の枝をにぎって、そーっと冷蔵庫のドアを開けました。

胸の中の重いものがストンと落ちて、皆の口から、「ワーッ」と歓声《かんせい》が上がりました。

冷蔵庫の中は、まるでおいしそうな食べ物の宮殿でした。野菜や果物やチーズやケーキが、王さまに仕《つか》えるメイドや兵士やコックや庭師や靴みがきのように、行儀《ぎょうぎ》よく整列していました。ノンノ達はそんなメイドだの兵士だのコックだの庭師だの靴みがきだのをパクパク、モリモリ、ムシャムシャと食べまくりました。自分が人よりうまいものをたくさん腹《はら》につめこもうと、けんかしているひまもありませんでした。もちろん、好き嫌いなんていうノンノは一人もいませんでした。それどころか、じゃがいもも人参《にんじん》も大根も、生のままかぶりつ

きました。ナスもキウリもへたごと食いました。卵だって、からまで食べようとしたくらいです。

冷蔵庫がからっぽになると、次には洋服だんすを荒らしました。

ノンノ達は、もう真っ黒に汚れた上に、ぼろぼろになった服を脱ぎ捨てて、洋服だんすの中の物をかたっぱしから身につけました。

ヨルノ・ヤミはおしゃれな魔女でしたから、けばけばしい色をした、細かいレース網《あみ》のついたスーツやワンピースやスカーフなどをいっぱいそろえていましたから、ノンノ達は、男の子も女の子も、キャーキャー大はしゃぎでした。

ワンピースのすそをまくってかけまわる男の子。スーツを着て、いばっている女の子。スカーフで綱引きしている子。五着もオーバーを着こんで、でんぐりがえしする子。長すぎるズボンを引きずって歩く子。まるで、そこは「メチャクチャ幼稚園」でした。

窓から、カミツキヤが三匹、「こんなことして、しかられませんかねえ」という顔つきでのぞいていました。ノンノ1が、三匹を部屋に入れてやりました。そして、この猛犬《もうけん》達にも、魔女の服を着せてやりました。といっても、犬に人

間の服が合うわけはありません。カミツキヤは首だけ出して、ワンピースの中でもがいていました。
それを見て、ノンノ達は、ころげまわって笑いました。勢いに乗って、コートだの、ズボンだのをどんどん着せたので、犬は洋服の嵐の中で目を白黒していました。

11　へそまがり眼鏡《めがね》

ノンノ1が、とつぜんさけびました。

「こうしてはいられないよ、皆。いつヤミがもどってくるか知れない。今のうちに、あのクイクイ袋《ぶくろ》を探そう。」

「ぼく達もいつあの中に入れられるかしれないからね。よし！　やろう。」

と、ノンノ2もいいました。

ノンノ達は、目をギラギラ光らせて、家の中をすみからすみまで探し回りま

した。魔女の家は、魔法をかけたように広くて暗いので、七十七人で探してもたいへんでした。部屋もいくつもいくつもありました。

ノンノ1は、よく切れる包丁とナイフを見つけ、これは危《あぶ》ないので、魔女達からかくしておこうと思い、ワンピースにくるんで縁《えん》の下《した》にかくしました。

それにしても、七十七人の目で探しても、クイクイ袋が見つかりませんでした。

「警察の車がもう持っていったんだ。」

「ヤミが秘密《ひみつ》の場所にかくしたのかな。」

「食べちゃったのかな。警察の人に見つからないように。」

皆いろいろと考えましたが、結局どうなったのか、分かりませんでした。

そのかわり、ノンノ達は、魔女の家からたくさんの面白いものを発見しました。

すみにあったボタンを押すと、ふいにはげ頭の男の首が出て、「ぼく、テレビです。」といったあと、天気予報を始める箱がありました。ノンノ44が、その男の鼻をつまんでも、その人は平気で天気予報を続けました。

へんな鉄のノートをあけると、ものすごくたくさんの字が、アリみたいには

い出して来て、見る間に床が真っ黒になりました。けれども、学校へ行っていないノンノ達には、その字が読めませんでした。

　こんな帽子《ぼうし》を見つけました。骸骨《がいこつ》の模様のある、黒い帽子で、頭にそれをかぶってとると、頭の上に小さいスマートフォンが載《の》っているのです。ノンノ達には、スマホが何なのか分かりませんでしたが、ふいにへんなものが出てくる不思議さのとりこになって、ノンノ77などは、スマートフォンを七十七個も頭の上から出しました。

　また、悪魔の顔が彫《ほ》ってある壺《つぼ》を見つけました。手を入れると、何かがざくざく入っていました。壺をひっくり返すと、全部お札でした。ただ、お札の顔はどれも悪魔で、牙《きば》をむいて笑っていました。

　ノンノ16が良いものを見つけました。ふたを取るたびに、揚《あ》げたてのコロッケが七個出てくるフライパンです。そのコロッケはいかにもおいしそうでしたが、（もしかして毒入りかも・・・）と思って、ノンノ達は初め食べるのをこわがりましたが、ノンノ16が勇気を奮《ふる》って食べても何も起こらなかったので、皆が争って口に入れました。

いい人を見ても、悪い人のように見える「へそまがり眼鏡《めがね》」がありました。

それで、ノンノ達を見ると、一人残らず、すごい悪党に見えました。

ノンノ1がいいました。

「ヤミって、いつもこれを使って人を見ているんだよ、きっと。こんなものを使っていると、だんだん性格が悪くなるよね。

よし、これはぼくが預《あず》かっておこう。」

ノンノ1は、「へそまがり眼鏡」をポケットにしまいました。

12　タオシッコレを呼べ！

とつぜん電話が、「ヤカマシイ！」と、鳴りました。

ノンノ達は、だれも電話を使ったことがなかったので気味が悪く、電話機を遠巻《とおま》きにして、見張っていました。それは、取らなくても、しつこく鳴り続けました。

「自分の方がずっとやかましいのにね。」

と、ノンノ3があきれていいました。

すると、驚《おどろ》いたことに・・・やはり魔女の電話器ですね、受話器がひとりでに跳《と》びあがって床に落ちました。

受話器の向こうで、だれかわめいていいました。

「こらっ、答えろ！　わしをだれだと思う！　タウンコレ大魔王だぞ！　答えないと、お前をヨツアシデアルク刑にしてしまうぞ！」

「え？　四足で？　いやだあ！　こわーい！」

ノンノ3は女の子でしたから、こわごわ受話器を取りました。

「なーに？　おじさん。」

「『おじさん』ではない！『大魔王さま』といえ！」

「なーに？　大魔王さま。」

「『なーに』ではない！『御用《ごよう》でございますか？』と、もっともっと優《やさ》しくいうもんだ！」

「御用でございますか？」

「タオシッコレを呼べ！」

「タオシッコレって？」

「タオシッコレを知らぬと？　ワンシカイエナイ刑にするぞ！　わしのだいじな息子《むすこ》だ。

早く、息子を出せ！」

「どこにいるのか、わからない。」

「探して来い！　見つからなければ、お前をシッポヲツケル刑にするから、そう思え！」

すると、それきり大魔王の声は、聞こえなくなりました。

ノンノ3は、皆をふりかえって、いいました。

「タオシッコレっていう人を探さないと、私・・・尻尾《しっぽ》をつけられちゃう！」

「シッポを？」

皆は思わず笑い出しました。

「笑わないで！　尻尾なんかついたら、私・・・死んじゃう！」

ノンノ3は、はげしく泣きました。皆急にシンとしました。ノンノ1がいい

ました。

「皆、探そう。その……タオシッコレを。」

「でも、その人、どこにいるのかな。」

「その大魔王も『コレ』がつくし、その人も『コレ』がつくから、悪いやつかも・・・」

と、ノンノ２がいいました。

「悪いやつなら、きっと悪い木に生《な》ったのね。」

と、ノンノ３が涙をふいていいました。

「そうだ！　それなら、悪い木を見つければ、そのそばにいるよね？」

と、ノンノ２がいいました。

「悪い木を探そう！」

ノンノ１が、叫びました。

皆、外へ飛び出しました。

ヤミの家は、森の中ですから、まわりは木でニョキニョキでした。ほとんどは、鳥達に喜んで巣を作らせる、どこにでもある普通の木でした。

けれども、森の中を行くうちに、だんだん下り坂になり、そこを下るうちにやぶが多くなってきました。やぶの中に、へんな木が見つかりました。そばに寄れば、抱きすくめられて、それきり身動きできなくなりそうな、怪《あや》しい木でした。しかし、どこにも、タオシッコレらしい人はいませんでした。

ホトトギスが、「ミッケタカ、ミッケタカ」と鳴いていましたが、もう夜が降りてきていました。

「もう、帰ろう。こわいわ。」

と、ノンノ3がいいました。

「皆、帰ろう！」

と、ノンノ1もいいました。

13　ヒーッ

翌朝ノンノ1が「さっ、タオシッコレを探しに行こう」というと、皆いやーな顔つきをしました。

「あんな気味の悪い所に行くの、いやだ。」

背の高いノンノ7が、聞きました。

「3ちゃん、お前そんなに尻尾《しっぽ》付けるの、いや？」

「いやよ。犬みたい。」

と、ノンノ3。

「そうかなあ。おもしろいと思うけれど・・・。」

「そうだよ！　おもしろいぜ、きっと。」

と、皆がいい始めました。皆が尻尾《しっぽ》でどんな遊びができるかを話しているうちに、ノンノ3までが、だんだん尻尾を付けてみたくなりました。

「いいわ！　私も尻尾、付けてみる。」

「そうと決まったら、大魔王の命令なんてこわくない。タオシッコレ探しは、止《や》めだ。」

と、ノンノ1が宣言しますと、皆おどりあがって喜びました。

「じゃ、今日は晴れたから、表で思いきり歌を歌おう！」

ノンノ達は、冷蔵庫に残っていた物を食べ終わると、ネンネの木の周りで、歌を歌いました。
初めに歌ったのは、「タオシッコレなんて、探さない」の歌でした。

♪タオシッコレなんて、探さない。
タオシッコレなんて、探さない。
あんなにこわーい森の奥に、
タオシッコレなんて、探さない。
探せばぼく達、殺される。

たったこれだけの歌詞でしたけれども、ノンノ一人一人がいろいろな調子、いろいろなリズム、いろいろな声で歌うと、すばらしい歌になりました。皆生まれつき歌い手としてのすごい才能と美しい声に恵まれていたのです。
そのうちにノンノ達は、「タオシッコレなんて」を歌うグループ、「探さない」を歌うグループ、「あんなにこわーい森の奥に」を歌うグループ、口をむすんだまま歌うグループの四つに分けて歌い、「探せばぼく達殺される」を、全員で歌うことにしました。こうすると、歌は色とりどりの花びらをつけたバラが、いっせいに咲《さ》きそろったような豪華な感じになりました。いろいろと工夫するほど、一層香り高い合唱になってきました。

ノンノ達は、夢中になって歌い続けました。

すると、歌の中にヒーッという、悲鳴のような声が混じりこんでいるのを聞き取りました。

「何だ？　あれは。」

「風が泣いているみたい・・・。」

「だれが泣いているんだろう。かわいそうに！」

と、ノンノ2がぽつりといいました。

「こわーい！」

「ノンノ達は、口々にいって、手を取り合いました。

歌が止むと、怪《あや》しい声も消えました。

14　だれか、いる！

歌い始めると、森の中のやぶが、ガサガサ騒ぎました。

「だれかいるのかな。」

「出てくればいいのに。」

「気持ち悪い！」

ノンノ達はささやき合いました。

「わたし、見てくる。」

と、ノンノ2がやぶに入りかけるのを皆がとめました。

「一人で行ったらあぶないぞ。やめろよ。」

ノンノ2は行くのをやめました。

皆はまた歌いだしました。

すると、今までおとなしくしていたカミツキヤがいっせいにほえました。

「静かに！」

犬をしかると、やぶのガサガサが、風になびかれたように、遠ざかっていきました。

次の日も日の下で、盛んに歌っていますと、またしても歌の中に、ヒーという悲鳴のような声が混じってきました。歌を止めると、その声も消えました。

犬達が、はげしくほえました。

「アッ、だれかいる！」

と、ノンノ2がいいました。

やぶの中で、黒い人影が動きました。

「行け！」

ノンノ1が、けしかけると、カミツキヤ達が、勢いよくやぶにつっこんでいきました。が、じきにすごすごともどってきました。人影が姿《すがた》をくらましたのです。あとに、大きな青ガエルの死がいが残っていました。

ノンノ2は、首をかしげてつぶやきました。

「あいつ、もしかすると・・・タオシッコレじゃあないかな。」

「え？　どうして？」

と、ノンノ3がいいました。

「カンよ。」

ノンノ2は、自分の頭を指さして、笑いました。


ノンノ達は、その夜もネンネの木の周りで寝ました。明け方になって、ノンノ2がいないことに気が付き、大さわぎになりました。そのあたりをすみずみまで探しましたが、見つかりませんでした。

「皆がこんなに心配しているのに、あいつ、どこへ行ったんだ？」

ノンノ1が舌打ちしました。

ノンノ7がいいました。

「ひょっとすると、一人でタオシッコレを探しに行ったかな。」

「まさか！」

「行ってみようぜ、2ちゃんを探しに。」

「うん、歌っていても、落ち着かないな。行くか。でも、行く前に・・・。」

ノンノ達は、ヤミの家に入って、フライパンから出したコロッケを腹にいっぱいつめこみました。けれども、その食べ物がコロッケとはだれも知りませんでした。教わらなかったからです。

コロッケを食べているとき、だれかがテレビという箱に付いたボタンを押しました。

はげ頭の男の首がいきなりとびだしていいました。

「ぼく、やっぱりテレビです。ニュースを申し上げます。」

その人は、ノンノ44に鼻をつままれても、大まじめでニュースを続けました。

「ニジノ警察署では、ヨルノ・ヤミとその妹アメ、キリ、カゼをきびしく取り調べていますが、四人とも、ムラサキヌマへいったまま帰らない合羽《かっぱ》を着た九人の警察官を初め大勢の人々の行方について、『知らない』といいはっています。なお、最近市内は、すり、ひったくり、女性へのいたずら、金をだせ泥棒《どろぼう》、オレオレ詐欺《さぎ》、キレタ乱暴、ダレデモイイ殺人が流行し始めました。大学の先生達はいろいろといっていますが、だれにもどうしたらいいのかわかりません。」

ノンノ1がため息をついていいました。

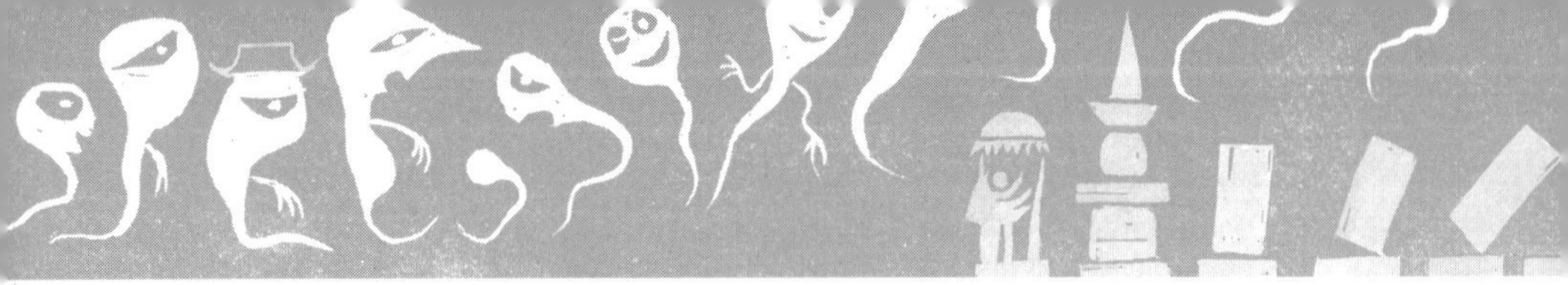

「皆クイクイ袋《ぶくろ》に吸《す》い取られたんだね。
許せないよ、ヨルノ・ヤミは。」

15　ネンネの木が倒れた

翌朝早く、ノンノ達はノンノ2を探しに門を出ました。

ところが、あいにくヤミ達四人の魔女が警察署から帰って来るところに出くわしました。

警察署は人々を消した証拠をつかめなくて、やむをえず魔女達を自由にしたのでしょう。

ヤミがけたたましく叫びました。

「とっつかまえろ！　一匹も逃がしちゃだめだよ！　今夜の食い物なんだからね！」

ヤミを初め、アメも、キリも、カゼもスカートのすそをひるがえして、ノンン

ノ達を追いました。

ノンノ達は、アリが散るように逃げて、近くの木に登りました。木登りなら、ネンネの木で十分きたえておきましたから、大得意です。魔女達は木の下で、地面をけってくやしがりました。

ネンネの木に登ったノンノ1は、真下ですごい顔をしたヤミに向かって、「へそまがり眼鏡《めがね》」をかざしてみせて、からかいました。

「やーい、これがないと見えないだろう。」

ヤミは歯がみして、ネンネの木によじ登ろうとしましたが、くつがすべって、とてもむりでした。

そのとき、ヤミはネンネの木の下をのぞきこんで、目を丸くしました。なんと、今年も木の下からドングリほど小さいノンノが糸のようなつるにつられて、びっしりとぶら下がっていたのです。あまりの驚《おどろ》きで、ヤミは口をあけたまま、立ちつくしていました。が、やっと思い直して怒鳴《どな》りました。

「アメ！　キリ！　カゼ！

これを見て！」

三人がかけつけて、新しいノンノ達の群れを見上げ、どぎもを抜かれました。

それから数日間というもの、ヤミは悩み続けました。ときどき家を出てきては「困《こま》った、困った」とか、「どうしよう、どうしよう」とかとつぶやきながらため息をつきました。

家の中から、妹達との口げんかがものすごくふき出すこともありました。

「だから、いったろ！　私はこわくなったんだよ！　あのくそがきが。」

「あいつらのふえるのがかい？　笑っちゃうよ。」

「おまえ達は欲《よく》に目がくらんでるんだ。」

「よくいうよ！　姉ちゃんだって、昨日まで欲に目がくらんでいたくせに！」

「だれがなんといったって、あの木を切る。」

「切らないでよ！　私達の気持ちも考えてよ。」

「姉ちゃん、ノンノのフライ、もう食べたくないの？」

「切るなんて、頭がいかれているよ。」

「いかれているのは、そっちだろ！　ばか！」

それでも、ヤミは「切る、切る」といいながら、七日もネンネの木にさわり

もしませんでした。やはり切るのがおしかったのでしょう。

ところが、その日ヤミは恐ろしく思いつめた顔つきで、電動ノコを手に、ネンネの木に近づきました。妹達は「やめて！　やめて！」と、やかましくいいました。ノンノ達もけたたましくさけびました。

「お母さんを殺さないで！」

しかし、ヤミはついにいうことを聞きませんでした。電動ノコの刃をネンネの木の幹にあてると、ノンノ達の胃がキリキリするような音を立てて切り始めました。

ネンネの木はいたみにぶるぶるとふるえました。ノンノ達は大声で泣きました。が、ヤミは切るのをやめませんでした。

直径三十六センチはあるネンネの木を女一人で切るのはたいへんで、一日ではとてもむりです。切り始めてから三日目の夕方、ネンネの木は、大勢のノンノと一緒にドッと倒れました。

ヤミはノンノ達がぶら下がった枝を全部切り払いました。そうして、ニヤリとへんに笑って、家に引きこもりました。夜、魔女が眠ったころ、ノンノ達は

ネンネの木にしがみついて泣きました。涙が、ふいてもふいても、にじみ出しました。ノンノ3が、泣き泣きノンノ1にききました。

「あんな悪い人が、どうしているの？」

「わからないよ、おれだって。」

ノンノ1は、祈《いの》るように星を見上げました。

16　私の体でコマを作りなさい

ノンノ1が、涙を腕ではらうと、皆に向かって静かにいいました。

「さっ、ここにいると、あいつらに何をされるかわからない。今のうちに逃げよう。お母さんを連れて。」

皆はだまってうなずきました。

ネンネの木は重たいし、大きいから、運ぶのがたいへんです。ノンノ2はいないけれど、七十六人のノンノ達が力を合わせれば、なんとかなると皆が思いました。

ノンノ達は、力をこめてネンネの木をかつぎました。ずっしりと重いけれど、お母さんの手を引いていると思えば、力がわいてきました。

誰かがすすり泣きました。すると、仲間からはげしい声が飛びました。

「泣くな！　泣きたくなるじゃないか！」

不思議にも、お母さんと一緒にいるせいか、真《ま》っ暗闇《くらやみ》の森が、少しもこわくありませんでした。ただ、やぶだの、枝ぶりのややこしい木だのが道をふさいでいるところを進むのは、たいへんな苦労でした。初めはノンノ達も必死で働きました。が、やがて大きな木をかついで闇《やみ》の中を通るのはとてもむりと知りました。

「明るくならないと、どうすることもできないね。」

と、ノンノ1が息をつきました。

「もうだいぶ来たから、この辺で休もう。」

「それにしても、2ちゃん、どこへいったのかなあ。」

皆はノンノ2のことを思って、なかなか寝つかれませんでした。が、昼の疲

れでいつのまにか眠っていました。

　夜中にふと目を覚ますと、ノンノ達は口々にいいました。まだ暗闇の中でのひそひそ話でした。

「へんな夢、見ちゃった。」

「どんな夢？」

「ネンネの木……お母さんの夢だ。」

「え？　おれもさ。」

「私もよ！」

「ネンネの木がどうしたの？」

「教えてくれたんだ。」

「優《やさ》しい、きれいな声だったよ。」

「ええそう、お母さんらしい声だった。」

「そう、ほっぺたをなでるようだったよ！」

「何ていったか、覚えてる？」

「えーと、何ていったっけ。」

「おれ、はっきり覚えてるよ！」

「何て？」

「『私の体で、コマを作りなさい』って。」

「『コマ』って、何だろう。」

「わからない・・・・。」

「わからない・・・・。」

「わからない・・・・。」

「コマったね。」


皆の笑いが、森の中に広がりました。

ノンノ達は、もう眠らないで考えました。が、八十七人の頭でいくら考えても、答えは出ませんでした。

そのうちに、夜が白んできて、あたりのようすが見えてきました。

17　タオさん

「出かけようか。」

と、ノンノ1がいいました。

「よし、始めよう！」

と、皆意気込《いきご》みました。

「今日は歌って行こうよ。」

ノンノ88に、皆が賛成しました。

初めに「お母さんを運ぼうの歌」を歌いました。こんな歌詞です。


♪お母さんを運ぼ。ぼ、ぼ、ぼ。

お母さんを運ぼ。ぼ、ぼ、ぼ。

お母さんを運べば、日がさして、

夜泣《よるな》き草も、笑いだす。

お母さんを運ぼ、ぼ、ぼ、ぼ。


歌っていると、悲しい心もやわらいで、仕事も進みました。

ところが、歌っているうちに、歌の中にまたヒーッという声がまぎれこみました。

「あれ？　昨日のだ！」

「だれなんだ？」

「まさか、2ちゃんじゃないよね。」

「違う！　コウモリの声かな？」

「もしかして・・・へんな木の泣き声かな。」

いろいろと考えましたが、だめでした。

ノンノ達は、また歌いました。すると、今度はだれかが遠くから「お母さんを運ぼうの歌」を歌うのを聞きました。

「2ちゃんだ！」

皆が声のした方へかけだそうとすると、遠いやぶの陰から、ノンノ2の顔がのぞきました。

ノンノ2がかけ寄りました。

ノンノ1が、強くいいました。

「どこへ行っていたんだ。皆心配したぞ!」

「ごめんね・・・。

あの悲しそうな泣き声が気になって。

タオさんを連れてきた。」

ノンノ2は、得意そうにいいました。

「タオ・・・?」

皆、顔を見合わせました。

「タオさーん!」

ノンノ2が後ろに向かって、さけびました。

明け方の森で、鳥が鳴いていました。が、タオシッコレは、黙《だま》ったままでした。タオシッコレは、大魔王の子ですから、王子さまです。そんな人とこの森

で出会うのは、不思議な気持ちでした。

ノンノ2は、またさけびました。それでも、だまったままでした。

ノンノ2は、舌打ちしました。

「タオさんって、ひどい人みしりなの。人に会うのがとってもこわいの。

皆、タオさんを呼んでくれない?」

皆が「タオさーん?」と、大声で呼ぶうちに、森の奥のやぶがガサガサ動き出して、ガサガサが近づいて来ました。

ついに、皆がタオシッコレを目にしました。鼻のつぶれた、暗い顔した大人がのっそりとつっ立っていました。青いヘルメットをまぶかにかぶっています。王子さまらしい、キラキラした様子はどこにも見えませんでした。

皆、全身がこおりつきました。

18　ムラサキヌマ

ノンノ2の顔がネンネの木を見てこわばりました。ガバッとネンネの木にしがみつきました。

「お母さん！」

「ヤミが切っちゃったんだ。」

見ていられないほど、ノンノ2の顔は、ゆがみました。

ノンノ1が、これまでに起こったことをすべてノンノ2に話しました。

「だから、お母さんをもっと安全なところまで運んでいるんだよ。」

「重たいのに、たいへんだね。」

「平気さ、ぼくたち、ノンノだもんね。」

「よし、ぼくもやろう！・・・あれ？」

ノンノ2がふりかえると、タオシッコレはいつのまにか姿を消していました。

七十七人にもどったノンノ達は、ネンネの木を引いて、坂道を下っていました。すると、下の方からバリバリッという音が近づきました。

(何だろう?)と思ううちに、電動ノコで木々を切り払いながらやって来るタオシッコレの姿が見えました。

「タオさん、ありがとう!」

と、ノンノ2が声をかけると、相手は、初めて目の端で笑いました。


タオシッコレの働きのおかげで、ネンネの木は、ようやくがけの下までたどりつきました。

そこには小さな沼があり、沼の岸辺に貧しい小屋がさびしく建っていました。

「これがムラサキヌマだ。」

と、ノンノ2がいいました。

「あれがタオさんの・・・？」

ノンノ3は、けげんそうにいいました。王子さまの住まいにしては、貧しすぎるからでした。

ずっと気難《きむずか》しそうにだまっていたタオシッコレが、ほうり出すようにいいました。

「沼を回って行くと下へ下りる道がある。そこからはあまりやぶなどねえから、おれにも用はねえだろ。行ってくれ。」

タオシッコレは、小屋に入りかけました。

「タオさん、ちょっと待って！」

その背中に、ノンノ2はあわてて声を投げました。

「ねえ！　話、聞かせてよ！」

タオシッコレは、ちょっと立ち止まっただけで、家に閉じこもり、それきり出てきませんでした。

「タオさんって、かわいそうな人なの。」

「どう、かわいそうなの？」

アオシッコン

二、三人のノンノが、同時にいいました。
「それをわたしも聞きたいんだけれど、話してくれないの。」

「じゃ、かわいそうか、かわいそうじゃないか、分からないよ！」

「でも、かわいそうなのよ！」

皆は、ノンノ2の真剣《しんけん》な顔つきを見て、押しだまりました。

あたりが明るくなるにつれて、沼の表面が赤紫色《あかむらさきいろ》に染まりました。皆は、その夢のような美しさに見とれていましたが、そのまま眠ってしまいました。

19　タオシッコレが泣いた

目が覚めたときは昼でした。皆、おなかがぺこぺこでした。けれども、食べるものが何もありませんでした。小屋は、不気味なほど静かでした。

「皆、これがあるから、へいきだよ。」

と、ノンノ16が、フライパンを差し上げました。コロッケがいっぱい出る、あれでした。

「ヤミの家から、ちょっと借りたんだ。

ぼくがコロッケを出すから、皆食べてよ。」

皆は、コロッケでおなかをふくらませました。ノンノ2は、小屋のドアをたたいて、タオシッコレにもコロッケをたくさんあげました。

その夜のことでした。いつものように、皆がネンネの木のそばで、固まって眠っていますと、小屋の中から、ヒーッという悲鳴のような声がもれました。

ノンノ2がいいました。

「あれってね、タオさんが泣いているんだよ。」

「ふーん・・・。」

皆は、ノンノ2がいった、「タオさんって、かわいそうな人」を思い出していました。そうして、タオシッコレがどうして泣くのかをどうしても知りたくなりました。

朝になると、ノンノ達は大勢でタオシッコレに、どうしてそんなに悲しいのかをしつこく聞きました。が、彼は答えずに畑仕事を続けました。

皆は、とうとう「タオさん、何が悲しいの」の歌を合唱しました。すると、タオシッコレは、ものすごい大声で、「やかましい！」と、怒鳴《どな》りつけました。

ノンノ1がいいました。

「皆、この歌、止めようよ。

タオさんの気持ちを傷《きず》つけちゃうから。」

皆もタオシッコレにむりに話を聞き出すのを止めることにしました。

ノンノ達だけで相談しました。そうして、タオシッコレから悲しい話を引き出すには、相手より先に、ノンノ達の悲しい話をしてみようと決めました。話をする役をノンノ1が引き受けました。

ノンノ達は、話を聞きだすそぶりは少しも見せずに、ただタオシッコレの畑仕事を皆で手伝いました。すると、タオシッコレの顔つきがみるみる和《やわ》らいでいきました。

二、三日過ぎたある日の夕方、ノンノ1はゆっくりと話し始めました。ノンノ達がネンネの木から生まれたこと、ヤミとその妹達はノンノ達を柵《さく》の中に閉じこめて、服も家も与えなかったこと、ヤミがクイクイ袋《ぶくろ》の中に人々を次々に吸い取ったこと、ノンノ達がヤミとその妹達をはげしくにくんだこと、ノンノ1にからかわれて、ヤミがネンネの木を切ったこと・・・。

タオシッコレは、じっとだまって話を聞いていましたけれども、ネンネの木がノンノ達の母親だとわかって驚《おどろ》きました。

「それで、おまえ達はお母さんを引いて、山を下ってきたのか。かわいそうに！」

涙があとからあとからタオシッコレのほおをぬらしました。大人がそんなにはげしく泣くのを見て、ノンノ達はびっくりしていました。（タオさんって、優《やさ》しい人なんだ）と、皆が思いました。

タオシッコレは、深いため息をついていいました。

「しかし、おまえ達にはいいお母さんがいるからいい。おれの母親なんか・・・。」

20　鼻つぶれ

「タオさんのお母さんは、いいお母さんじゃないの？」

と、ノンノ1が聞くと、タオシッコレは。つばをはくようにいいました。

「あいつは、母親でもなんでもねえ！

鬼《おに》だ。いや、鬼よりきたねえ化《ば》け物《もの》だ。」

タオシッコレは、ぽつりぽつりと話し始めました。それによると、彼は大魔王の子でありながら、むごく、悲しい運命が待ち受けていました。

タオシッコレの鼻は、生まれたときにもう、つぶれていました。そのうえ、タオシッコレのほんとうのお母さんは、タオシッコレの妹シオミを生んだあと死んでしまいました。

大魔王は、マグマという女をタオシッコレとシオミの母親にしましたが、マグマはタオシッコレをひどくきらって、たえず「鼻つぶれ」と呼んで、こき使いました。タオシッコレとシオミは両親の食べ残しを食べ、それさえもらえな

いときには、おなかをすかしたままでした。

服も自分達の着古したものを与えるだけでしたから、タオシッコレとシオミは、それをシャツやパンツに作り直さなくてはなりませんでした。

マグマが機嫌《きげん》の悪いときには、家に入れてもくれませんでした。冷たい雨や雪の降る日、二人は外でだきあって、ふるえていました。

父親は、タウンコレ大魔王という、ごちそうを食うだけが取り柄《え》の、ぐうたらな人でしたが、こんな父親でさえ見かねて、「もう少し母親らしくしてやれよ」と、いうだけでした。

泣き声を上げたりすると、たいへんでした。マグマは竹ぼうきで二人を血の出るほど、打ちすえました。二人ともがまんできずに、手を取り合ってトンガリ城《じょう》を出て、山を下り、町をうろつくこともよくありました。けれども、警察官に連れもどされると、またマグマに、竹ぼうきで、ひどいおしおきをされました。妹は、そのひどいおしおきが元で、七歳で死にました。

それから、タオシッコレは、一人で畑仕事を一日中させられました。学校へ行くことなど、とてもできませんでした。山の中の一軒家《いっけんや》で、人付き合いもあ

りませんでしたから、学校というものがあることさえも知らされていませんでした。両親は家でのらくらしているのに、その子は親達を養《やしな》うのに、働きづめに働いていたのです。

タオシッコレが二十歳になると、マグマは十二歳年上のヨルノ・ヤミという女をどこからか連れてきて、むりやり一緒にさせて、いいました。

「今度は二人で働いて私達の世話をしなさい。
親の恩を忘れてはいけないよ！」

ところが、マグマとヤミとは仲が悪くて、すぐにヤミは、タオシッコレを連れて別に家を持ちました。そのあとマグマは死にましたが、タオシッコレは、今度はヤミによって、ひどいいじめにあうことになりました。

ヤミは、鼻のつぶれた顔を見るのがうざったくて、マグマと同様に、タオシッコレを「鼻つぶれ」と呼びました。その上、自分は酒ばかり飲みながら、タオシッコレだけを働かせました。

タオシッコレは、クワガタムシが大好きで、小さなかごに入れて飼《か》い、よくじっと見つめていました。そのクワガタムシを踏みにじり、ヤミは、マグマと同じ恐ろしい顔つきで怒鳴りました。

「そんなひまがあるんなら、そうじでもしなさい！」

タオシッコレはある日、変わった二人のハイカーに出会いました。一人は、若いのに片足が不自由なために山道をつえにすがりながらよちよちと登っていました。その人のかげで、年かさの女の人が「未知《みち》、しっかりよ！　がんばって！」と、しきりにはげましていました。そんなすがたを見て、タオシッコレは自分がどんなにみじめな生き方をして育ったか知りました。深くて暗い谷底にでもつき落とされたような気持ちになりました。ヤミと別れる決心をしたのも、それからでした。

「タオさんって、苦労したんだね。」

ノンノ1も皆も、タオシッコレがなぜ泣いていたか、よーく分かりました。

21　七十七個の独楽《こま》

ノンノ3がいいました。

「タオさん、お話、ありがとう！

ところで、コマってなーに？」

思いがけない質問にタオシッコレはとまどいました。

「ネンネの木が夢に現れて、『私の体でコマを作りなさい』っていったの。」

「あ、もしかすると・・・。」

タオシッコレはいったん小屋に入って出てきていいました。

「これのことかな。」

タオシッコレが出したのは、くるくる回る木の独楽《こま》でした。ノンノ達は、生まれて初めて見たので、コマがその独楽だとわかりませんでした。けれども、タオシッコレが自信たっぷりにいいました。

「これにまちがいない。

よし、おれが作ってやる。

いいかい？　作って。」

皆は、だまって、うなずきました。

タオシッコレは、ヤミと別れてから、町に出て、こけし人形を作る職人《しょくにん》に頼《たの》んで、弟子《でし》にしてもらいました。元々器用《きよう》なたちなので、じきにこけし人形を作れるようになりました。

数年がたって、タオシッコレは、ムラサキヌマの岸辺に小屋を建てて、一人暮らしをするようになりました。

ノンノ達は、小屋の中を見せてもらいました。タオシッコレが作ったこけし人形がたくさん飾《かざ》ってありました。けれども、どの人形も、とってもさびしそうな表情をしていました。タオシッコレは、小さな声でいいました。

「おれが作る人形は、皆こうなっちまうんだ。」

「独楽《こま》なら、だいじょうぶさ。さびしそうな独楽なんてないもん。」

ノンノ3が、ほおを赤くしていいました。

その日から、タオシッコレは、小屋に閉じこもりきりで、独楽《こま》を作っていました。小屋の中から工作機械の音が、グルングルン鳴り続けました。ときどき小屋から顔を出して、もう何個できたかをうれしそうに知らせてくれました。が、できた独楽《こま》は見せてくれませんでした。「七十七個そろった独楽をみせた

い」というのがタオシッコレの口ぐせでした。

ノンノ達は、とっても楽しみでした。お母さんが独楽に変わって、また子ども達と遊んでくれると思うと、じっとしていられないほど、うれしいのです。けれども、小屋に向かって、「まだ？」なんて、聞くのはがまんしました。その声がタオシッコレの手をくるわせて、独楽作りに失敗してしまうかもしれませんから。

待ち遠しい四か月でした。

翌年の二月末、タオシッコレがようよう独楽つくりを終えて、小屋から、できあがった独楽を出してきて、見せてくれました。

七十七個の独楽《こま》を見て、ノンノ達は歓声《かんせい》をあげました。直径十センチもある、大きな独楽で、赤、黄、青の輪が、キラキラして、皆の目にしみました。

「お母さん、生き返ったね。」

皆が口々にいいました。

22　黒いもや

タオシッコレは、すぐに独楽の遊び方を皆に教えました。巻きつけたひもを、地面をたたくようにして引くと、独楽は勢いよく回りました。独楽の先は、お母さんの手にしっかりとにぎられた、鉛筆の先のように、地面に力強い字を書きました。

皆は胸を揺《ゆ》るがすような驚《おどろ》きで見つめていました。だれかが、うめくようにいいました。

「すごいなあ!　お母さんって。」

ノンノ達は、自分の独楽を決めると、早速やってみました。だれの独楽も、よく回りました。七十七個の独楽が、くっきりした輪を描きながら回り続ける様子は、まるで、七十七人のダンスのようでした。

タオシッコレは、独楽の回し方だけでなく、独楽と独楽との戦わせ方も教えてくれました。空き箱にじょうぶな動物の皮をかぶせて、その上で、二個の独

楽を戦わせ、相手の独楽を箱の外へ飛ばした方が勝ちというこのゲームで、皆は夢中になりました。

空き箱のリングは、あちこちにできて、リングごとに騒《さわ》ぎがもたげました。けれども、けんかなど起こりませんでした。皆、どこからか聞こえてくるお母さんの声に包まれて、心から幸せでしたから。

ノンノ達は、来る日も来る日も、独楽回しに打ち込みました。三月に入ったある日、遠くの空で雷が鳴りました。遠い空が黒い雲におおわれていました。

「春雷《しゅんらい》だな。」

と、タオシッコレがいいました。

まもなくして、ノンノ達が独楽を戦わせていますと、ふしぎな事件が起こりました。いつのまにか、黒いもやのようなものが近づいてきて、固まって遊んでいたノンノ達の胸から上を包みました。すると・・・なぜかノンノ達は手にした独楽やひもをほうりだして、もやが流れるままに歩き出しました。タオシッコレが作るこけし人形のように、悲しい顔をして。ついさっきまでの生き生きした笑顔がうそのようでした。

1
2

「あいつら、どこへ行く気なんだ！」

タオシッコレが、恐ろしい顔つきで、その怪《あや》しい雲に向かって叫びました。

「ボイミ、ボアビ、ボゴレ、ボムロ、ボボボ。」

すると・・・黒いもやは消えて、ノンノ達は、夢からさめたように、見回しました。ノンノ1が聞きました。

「おまえら、どこへ行こうとしたんだ。」

タオシッコレが聞いてみますと、

「わからない。」

と、ノンノ達が答えました。

「ただ、ぼんやりしていたら、『おいでおいで』っていう声がどこかで聞こえたんだ。」

「ヤミの声だよ、それは。おれには、よーくわかっている。ヤミはおまえ達を呪《のろ》っているんだ。

急いで、中に入れ！」

ノンノ達は、どっと小屋に入りました。

タオシッコレは、皆の耳を集めて、聞こえないほど小さな声でいいました。

「ヤミと一緒に暮らしていたときな、あの毒《どく》もやのために、どれだけ苦しめられたか!・・・

あのもやに首をつっこむと、頭の中がぼーっとなって、ヤミの命令になんでも従っちまうんだ。おれは、ヤミの持っていた本を夢中で盗《ぬす》み読みして、やっと、あの魔法を解く呪文《じゅもん》を覚えたんだ。」

「すごいね、タオさん。」

と、ノンノ1がいいました。

「いやあ。それより、おまえら、ヤミにねらわれているぞ。ヤミはな、おまえらを油で揚《あ》げて、タルタルソースをかけたのを食いたくて食いたくてしようがないんだぜ。」

「え? ほんと? こわーい!」

「じゃ、おれたち、フライと同じじゃないか。」

「いやだ! そんなの。」

「なんとか、しなくっちゃ・・・」

皆、大《おお》さわぎしました。タオシッコレは続けました。

「静かに！

あの雲が現われたってことは、やつがもうすぐ近くまで来ているってことよ。ここに来たら、やつ、なにをするか・・・。」

翌日は金色のハチが群《む》れをなして飛んでいましたし、夜になると、紫《むらさき》とピンクのクモがぞろぞろはっているのを見ました。ノンノ達はぞっとして逃げましたが、タオシッコレは、ハエタタキでびしびしたたきつぶしました。

まちがいなくこれもヤミのしわざです。

タオシッコレは、けわしい目つきをしていいました。

「おまえら、ヤミの来るのを待っている気か？」

「でも、どうすればいいの？」

「どうするか、自分達で考えろ。」

「タオさん、おれ達にあの呪文《じゅもん》、教えてくれない？」

「だめだ！　おまえらに呪文なんか教えられねえ。」

「どうして？」

「呪文というのは、悪魔の道具だからだ。

おまえらは悪魔じゃあない。ノンノだ。

ノンノが呪文なんぞ、絶対に覚えてはいけねえ。大魔王の息子がいっているんだ。ほんとうだぞ！」

タオシッコレは、力をこめていいました。


そのとき後ろのほうにいたノンノが、ぼろぼろになった雑誌をさし上げていいました。


「タオさん、これ、何？」

「それは週刊誌ってもんだ。町であった七日間のことが書いてあるんだ。」

「町って、なーに？」

「・・・おまえら、まだ町を知らねえのか。

町は人が大勢集まるところだよ。だがな、町はおっそろしく、危険《きけん》なんだ。

あそこへいってはだめだ。いいな、だめだぞ。」

タオシッコレは、なん度もいいました。

24　町へ連れていってやる！

その夜、ノンノ達は、額《ひたい》を集めて、相談しました。これからやって来るという、ヤミ達にどう戦えばいいかです。ヤミ達はお母さんを殺した敵《てき》です。どうしても、やっつけなければなりません。でなければ、こっちが殺されてしまうでしょう。

しかし、向こうは魔女です。なにをするかわかりません。こっちの知らない呪文《じゅもん》をいくつも知っていて、ノンノ達を驚《おどろ》かすにちがいありません。悪知恵なら、くさるほどもっているはずです。

「どうする？」

と、ノンノ1が皆を見回しました。

背の高いノンノ69が手を上げました。

「あいつらのいやがることをどんどんやればいいよ。」

となりにいた、ノンノ70も手を上げました。

「ヤミは、『規則』作ったね。柵《さく》から出るなとか、歌を歌うなとか・・・。あれって、ぼく達が人に見つかるのをひどくいやがっていたんだよ。」

　ノンノ1がきっぱりといいました。

「よしっ、町に出よう！　町に出て、あいつらのいやがる歌をいっぱい歌おう。」

「どんな歌？」

「『ヨルノ・ヤミはクイクイ袋《ぶくろ》で人を消す』って歌さ。」

「コレは、クイクイ袋で人を吸い取るたびに、いつも『ざまを見ろ！』って顔をして笑ったね。」

「『歌えば、フライにして食べられる』って歌も歌おうよ。」

と、ノンノ3もいいました。

　皆の間から、盛《さか》んに手が上がって、魔女達のいやがるたくさんの歌が加えられました。

　すぐに、このアイデアをタオシッコレに持ち出してみました。タオシッコレは、とってもきびしい目をして答えました。

「だめだ。歌で魔女は殺せねえ。それに、町は危険《きけん》だぞ。」

「町には、そんなに悪い人ばかりいるの？

ぼく達と一緒に歌を歌ってくれる人はいないの？　町の人達って、皆魔女の味方《みかた》なの？

歌を歌うしか、おれ達にできることないんだ。」

ノンノ1が真剣《しんけん》にいうのをタオシッコレはだまって聞いていましたが、決心していいました。

「じゃ、おまえらを町へ連れて行ってやる。

今夜はよーく眠っておけ。」

タオシッコレの一声に、皆は躍《おど》り上がりました。

24　黒い円盤

翌朝早くから、ノンノ達は胸をわくわくさせていました。生まれて初めて行く「町」で歌うのです。大ステージに立つスターの気分でしょうか。けれども、衣装《いしょう》はぼろぼろのほこりまみれでしたが、皆平気でした。ネンネの木から作った独楽《こま》をひもで腰にしっかりと結びつけました。それは、お母さんからもらったお守りのようなものでした。

集められるだけのがらくたを楽器代わりに持っていくことにしました。ばけつ、ドラム缶《かん》、フライパン、なべ、鍬《くわ》、スコップ、それらをたたくための棒《ぼう》、スプーン、木の枝など、ほとんどタオシッコレに借りました。

タオシッコレに導《みちび》かれて、ノンノ達は山を下りました。ふもとには、大型のトラックが待っていました。運転手はタオシッコレの友達でした。タオシッコレは助手席に、皆は荷台に乗りこみました。

トラックの荷台に乗るのは、もちろん初体験でしたが、皆はじきになれました。だれからとなく、歌を歌って行こうということになりました。一番初めの歌は、やっぱり「クイクイ袋《ぶくろ》の歌」に決まって、ノンノ1の合図で、皆が声をはりあげました。

♪クイクイ袋は、　こわいんだぞー
子どももおとなも　吸い取るぞー
それきりもどって　来れないぞー
泣いても泣いても　手遅れだー
どこかで魔女が　笑ってる。
クイーッ、クイーッ
ギンギロタラントワーレ！

二番目の歌は、「歌えば魔女に」でした。

♪歌えば魔女に　食べられる。
油でジンジン　揚《あ》げられて、
タルタルソース　かけられて、
ナイフで切られて　それっきり
ノンノのカツに、　墓《はか》もない。

ウエーン、ウエーン、ヒーヒーヒー

「ウエーン、ウエーン、ヒーヒーヒー」のところは、ノンノ達がほんとうに泣いているように、悲しそうに歌うようにしました。

この二曲に、「タオシッコレなんか探さない」の歌を加えた三曲をノンノ達はかわるがわる声をはりあげて歌いました。

トラックが田んぼと田んぼの間の道を走っていたときです。ノンノ2が空を見上げてさけびました。

「あれ、なんだろう?」

ノンノ達の頭の上を黒い円盤四枚が飛んでいました。黒い円盤たちがさかんにわめいていました。

「・・・オボエテロ・・・」

「・・・オボエテロ・・・」

「・・・クソガキメ!・・・・」

「・・・オボエテロ・・・」

ヤミ達四人が円盤に化けているのです。

「あいつら、はずかしくて出られないの。」

ノンノ3がいうと、皆は、ゲラゲラ笑いました。すると、一枚の円盤が、いきなりノンノ3にぶつかってきました。身をかわすのがもう一秒おくれたら、ノンノ3は、首を切られて死んでしまったでしょう。

円盤は電柱にぶつかって、ジェッと音を立てて落ちました。必死に体勢《たいせい》をととのえて飛んで行きました。

25 ・・・オボエテロ・・・

約四時間二十分後に、トラックはニジノ駅前に着きました。ニジノ市は大都会で、大勢の人が、ワイワイ、ガヤガヤ、モヤモヤ、イライラ、カリカリ、ザワザワと生きています。駅前広場は、特にいろいろな人達が行き来しているので、ライブなどやるにはもってこいの場所です。もっとも、ノンノ達には、テレビ局の味方《みかた》はつきませんが。

トラックの荷台の上にガラクタ楽器が置かれ、そのひとつひとつにノンノが一人ずつ立ちました。その後ろには残りのノンノ達が、きちんと並びました。

ノンノ1の合図で、いよいよ「クイクイ袋《ぶくろ》の歌」が始まりました。

ノンノ達はばけつやフライパンや鍬《くわ》などを力強く打ち鳴らし、元気いっぱいに歌いました。ところが、ノンノ達の歌は、ところどころ消されていました。


♪・・・ク・・・ク・・・ぶ・・・い・・・ぞ・・・
・・・も・・・も・・・い・・・る・・・ぞ・・・
・・・き・・・て・・・れ・・・い・・・ぞ・・・
・・・な・・・な・・・て・・・れ・・・だ・・・
・・・ど・・・で・・・が・・・わ・・・る
・・・イー・・・イー・・・
・・・ン・・・ロ・・・ラ・・・ト・・・レ

こんな調子でした。せっかく集まってくれた人々が、一様にへんな顔をしました。「歌えば魔女に」の歌もヤミ達の魔法で穴だらけにされました。女の子ノンノは、泣き出しました。男の子ノンノは、楽器をたたいてくやしがりました。
人々は、ノンノ達を指さして笑っていました。そのとき、タオシッコレがさけびました。

「おれにまかせろ！」

彼はノンノ達の思いもよらないことを始めました。車から出ると、あたりを見回して、ヤミとその妹達の悪口をガンガン、ツケツケ、ブーブーまくしたてたのです。日ごろのおとなしいタオシッコレを知っていたノンノ達は、びっくりしました。

そのうえ彼はトラックからどんどん離れていきます。彼が離れるにつれて、ノンノ達の歌は、歌詞が分かりやすくつながり、意味のわかる歌になりました。タオシッコレが、魔女達を引きつけたのでしょう。

ノンノ達は、このときとばかり歌いました。

聞く人々の数がみるみるふえました。皆一生懸命聞いていました。一曲が終わるごとに、すごい拍手が起こりました。

何人ものおとながノンノ達に近寄って、手をにぎったり、肩をたたいたり、

暖かい声をかけてくれました。

「本当に天使の声だねえ！」

「夢みたいに、きれいな声だねえ！」

いろいろなことをしつこく聞かれました。

ノンノ達は、どんな質問にも知っていることはなんでもはっきりと、早口で答えました。いつ魔女達がもどってくるかしれませんから。

「だれに歌を習ったの？」

「君達はどこから来たの？」

「お父さん、お母さんは、だれ？」

「どこの学校に行っているの？」

「クイクイ袋《ぶくろ》って、どんな袋？」

「それは今どこにあるの？」

「今まで何人の人が袋に入れられたの？」

「歌うと、本当に魔女に食べられるの？」

「その魔女って、どこにいるの？」

まもなく、答えるノンノ達の声が消えてしまい、代わりに姿の見えない魔女達の声が耳に入るようになりました。

「・・・オボエテロ・・・」

「・・・オボエテロ・・・」

「・・・オボエテロ・・・」

「・・・オボエテロ・・・」

タオシッコレが魔女達にわめきたてる悪口も、もう効《き》き目がありませんでした。

ノンノ達は、声の出せない口で、のどのいたくなるほど、人々に訴《うった》えました。

「この空中に魔女が今四人もいるんだ！　ほんとうだよ！　でも、姿を消しているんだ。ぼく達の耳に、『覚えてろ！』って、魔女が何度もわめいているよ！　危《あぶ》ないから、もう、離れて！」

けれども、人々は（この子達、なにをいっているのだろう?）という顔つきで、平気でその場を動こうとはしませんでした。

ノンノ達は、トラックに乗りこんで、次の広場で、ライブを始めました。し

かし、そこでも、魔女達の魔法に苦しめられました。タオシッコレが、懸命《けんめい》に魔女達に悪口を飛ばして、他に引きつけようとしましたが、魔女たちはもう誘《さそ》いに乗りませんでした。

そればかりか、まだその季節ではないのに、沢山の赤い蚊《か》が発生して、ノンノ達と人々に襲《おそ》いかかりました。歌ったり、聞いたりするどころではありません。ライブはすぐに終わってしまいました。

26　もっと回れ！

その夜は、スーパーマーケットの広い駐車場にトラックを止めて、その荷台で寝ました。

皆昼間のできごとを思い出し、興奮《こうふん》して眠れませんでした。

夜中の十二時頃でした。三人のおとなが、ノンノ達をひっそりと訪《たず》ねてきました。ノンノ達は驚《おどろ》いて荷台のすみに固まって身構《みがま》えました。しかし、三人とも、やさしく静かに話しかけましたので、ノンノ達はほっとしました。

服いっぱいにポケットをつけた男の人がいいました。

「こんな夜中に驚かしてごめんね。実は皆に力を貸してもらいたくて、やってきたんだよ。」

胸に黒ヒョウのマークをつけた女の人がいいました。

「私は、テレビの記者だけど、今このニジノ市は、たいへんな目にあっているの。いい人が大勢いなくなった上に、悪い人達がひどい乱暴をしたい放題《ほうだい》しているの。」

ケータイのカメラを持った男の人がいいました。

「町がどうしてこうなったか、原因がだれにもわからなかったの。でも、皆は、魔女のことをしきりにいっていたね?

それで、ピンときたんだ、おれ達。

ねえ、魔女について、もっとくわしい話を聞かせてくれないか。」

ポケットさんも、黒ヒョウさんも、カメラさんも、始終《しじゅう》あたりに目を配《くば》りながら、声を殺して真剣《しんけん》に話していました。

ノンノ達はこの三人を信じました。それで、魔女がどこに住んでいるのか、魔女達は、どういう人なのか、どんなふうに、ノンノ達を育てたかをなにもかも話しました。タオシッコレのこともいいました。

三人はタオシッコレにも会って話したいといいました。が、タオシッコレは、なぜかきつい目で三人を見て、そっけなく「帰ってくれ」と、いいました。

三人がそれでも「話を聞かせてくれ」と食い下がりますと、タオシッコレは、すごいけんまくでいいました。

「あんたら、こんな時間にやって来てかってなことをいうな。とっとと帰れ！」

三人が帰ると、タオシッコレは、初めて静かな笑みを顔にたたえて、いいました。

「おまえら、腹がへったろう。これ、集めてきたから、食え。」

たくさんのおにぎりだの、サンドウイッチだのジュースだのが、ノンノ達の目の前に広げられました。タオシッコレとその友達がコンビニを回って頼んでもらって来た食べ物でした。

ノンノ達は、魔法のコロッケにも、もうあきあきしていましたから、コンビニの売れ残りにもとびつきました。タオシッコレは、むさぼるように飲み食いするノンノ達をにこにこして見ていました。

　食事がすむと、タオシッコレは皆を鋭《するど》い目で見わたしていいました。

「どうだい、歌で魔女が殺せたか？　それどころか、やつらは歌を魔法でブッツブツ切っておまえらのじゃまをしやがっただろう。このへんで明日は帰ろうぜ。ここにいても、むだだよ。」

　すると、ノンノ達のあちこちから声が上がりました。

「いやだ！」

「いやだ！」

「もっと歌いたい！」

「歌わして！」

「お願いだよう！」

「ねえ！」

　そんな声は、だんだんはげしく、高まりました。タオシッコレは、目を丸くしました。

その夜、ノンノ達は皆同じ不思議な夢を見ました。ネンネの木が、「もっと回れ、もっと回れ」といいながら、独楽《こま》のようにはげしく回るのでした。根は地上を離《はな》れ、宙に浮いていました。そんなにはげしく回っては、お母さんがだめになってしまうと思い、ノンノ達は、なんとか止めようとするのですが、ネンネの木はやめようとしないばかりか、一そうはげしく回り、ついには、空高く舞い上がりました。そして、ノンノ達を残して、空高くに消えていきました。目をさましたノンノ達は、その夢がなにを物語っているのかを話し合いました。が、結局答えは見つかりませんでした。

27　ハナザカリノニワ公園

翌日の十時頃、ノンノ達を乗せたトラックは、ハナザカリノニワ公園に着きました。そこの野外音楽堂が、ノンノ達のライブの会場です。さいわい、ステージはまだ使われていません。天気はよくて日曜日、その上サクラの花がち

らほらと咲《さ》き始めて、ヤミ達のじゃまが入らなければ、最高のライブになるはずです。

ノンノ達がガラクタ楽器を並べ始めますと、もうなにが始まるのかと思って、人々が集まってきました。けれども、中にはきたないものでも見るような目つきでこんなことを聞く人がいました。

「あんた達、風呂《ふろ》にはいつ入った？
その服をどこで買ったの？」

ノンノ達は、フロって何かもわからず、服もぼろぼろのよれよれがふつうでしたから、こう聞かれても平気でした。それよりもヤミ達にじゃまをされる前に・・・と、気分はあせっていました。

「クイクイ袋《ぶくろ》の歌」が始まりました。ノンノ達の声の美しさと歌の上手さは、集まった人々の顔つきをがらりと変えました。皆は食い入るような目で、ノンノ達を見つめました。

息もつかずに歌に耳を傾《かたむ》けました。ノンノ達もこのときとばかりに夢中で歌いました。

次の「歌えば魔女に」の曲になって、またしても、歌がとぎれるようになりました。

♪・・・ウ・・・マ・・・ベ・・・ル・・・
・・・・ア・・・ジ・・・ゲ・・・テ・・・
・・・タ・・・ル　・・・・

タオシッコレが、人の群れを離れて、一人だけ広場のすみに走っていって、どこにいるのかも分からないヤミとその妹達に向かって、怒鳴《どな》りつけました。

「ヤミ！　アメ！　キリ！　カゼ！

出て来い！　おまえら、やり方がきたねえぞ！　このくそばばあめ！」

そのときでした。タオシッコレの口が、まるでカラスのくちばしのように真っ黒になってとんがりました。またしても、ヤミたちの魔法のしわざです。

彼はもう言葉がいえず、「カオッ、カオッ」と、鳴くばかりでした。

ノンノ達は、どうしたらよいかわからず、歌うのを止めて、立ちつくしてい

ました。

すると、皆の耳にだれかがささやきました。

マワシナサイ、
ハヤク！

皆、すぐに気づきました。お母さんが「独楽《こま》を回しなさい」といっているのを。ノンノ達は、いっせいに歌うのをやめて、腰にくくりつけたなわを解いて、独楽にひもを巻きました。

独楽をたたきつけるようにして回しました。

七十七個の独楽が一度にビュンビュン回りました。見ていた人々は、ドッと声を上げました。

と、独楽が、ステージを飛び降りて、トントンはねながら、人々の囲いの中に突っこんでいきました。

七十七個の独楽は四つのグループに分かれて、回りながら走っていきました。まるで、何者かを探しているように見えました。

ノンノ達の胸には、ピンと来ました。

はたして、独楽達がグループごとに、一度にある者に襲《おそ》いかかり、そこから空気を引き裂くような悲鳴が上がりました。

ノンノ達も、その場にいた人々も、おそるおそる悲鳴の上がった地点へ行ってみました。

そうして、あまりのむごたらしい光景に、身がすくみました。

姿をやっと現した四人の魔女が倒れていました。いかにも魔女らしい、血のように赤いマントが、もがき苦しんだようにしわくちゃに波打っていました。

魔女達の目には、どれにも独楽《こま》が突き刺さっていました。独楽は、その口にも、鼻にも、耳にも、突き刺さったまま止まっていました。

しかし、死んではいませんでした。

魔女達は、目、耳、鼻、口から独楽を抜き取ると、地面をつかんでふらふらと立ち上がりました。顔が、血で真っ赤に染まっていました。

ヤミは、つばの広い、黒の帽子《ぼうし》を忘れて、銀色の髪を振り乱して、歩いていきました。

ノンノ1が走っていき、帽子を拾って、ヤミに投げつけました。ヤミは、フッと笑って、手探りで帽子を拾ってかぶると、とぼとぼと去っていきました。

「やった！」

しかし、なん歩もいかないうちに、四人ともバタバタと倒れて、そのまま死んでしまいました。

ノンノ達は躍《おど》り上がりました。すぐに、皆ステージにかけあがると、勝どきをあげるようにして、合唱し始めました。もう、歌がとぎれることなく、盛《も》り上《あ》がりました。

28　歌なんか、だれにも習わない

次の日から、ノンノ達は大いそがしでした。

タオシッコレは、さっさとムラサキヌマに帰ってしまいましたが、ノンノ達は、USOという放送局に引き止められて、ニジノ市に残ることになりました。

ひとまずりっぱなホテルに連れて行かれ、生まれて初めてフロというものに入って、体を洗い流されました。服は、上から下まで、新しいかわいいものに着替えさせられました。その晩は、夢でも食べたことのない、おいしいごちそうを食べました。

翌日の午前中は、もうテレビ局のスタジオにいました。テレビカメラの前で、美しいアナウンサーがいろいろと聞いてくるのに答えました。七十七人が並んで、歌も歌わされました。独楽《こま》を回す実演もさせられました。

美しいアナウンサーはしきりに「かわいい！」といいました。最後にカメラに向かって、皆で手を振るようにいわれて、そうしました。

午後は午後で、別のテレビ局や、新聞社や、雑誌社などの引っ張りだこになりました。そうして、大人達は、へんににやにやしながら、美しいアナウンサーが聞いたのと似たようなことばかり、何度も何度も聞いてきました。

「あなた達のお父さんとお母さんは？」

「どこの学校に行っているの？」

「クイクイ袋《ぶくろ》はどこにあるの？」

「魔女って、ほんとうにいるの？　どこに？」

「歌はだれに習ったの？」

　ノンノ達はだんだんうんざりしてきました。疲《つか》れてもきました。大人達がなぜそんなことを聞くのか、わかりませんでした。自分達ノンノから、遠くの方にいる人のように見えました。最後に「歌はだれに習ったの？」と聞いた大人に、ノンノ1は、ぶっきらぼうに答えました。

「歌なんか、だれにも習わないよ。」

　大人達は、歌を歌わせようとしました。独楽《こま》を回させようとしました。が、ノンノ達は皆乗り気になれませんでした。歌を歌ったのも、独楽を回したのも、お母さんのためだから一生けんめいになれたのです。人々に歌と独楽回しのうまさを見せるためではありませんでした。

　ホテルにもどったとき、ノンノ達の口から出たのは、まず「タオシッコレ、どうしてるかな？」でした。

　タオシッコレの口が、カラスのくちばしに変わったのを心配しないノンノは

一人もいませんでした。

「ムラサキヌマに帰りたいよう！」

と、ノンノ11がいい出すと、皆が「帰りたいよう！」と、いいました。

「こんなきれいな服なんか、いらないよ！」

「おいしいものより、タオさんに会いたいよう！」

「よーし、明日帰ろう！」

と、ノンノ1がいうと、ノンノ2も、3も、4も、5も・・・・・・77も一度にいいました。

「帰ろう！」

皆が初めて、わき立ちました。

翌朝、胸に黒ヒョウのマークをつけた、テレビ記者が来て、ノンノ達に魔女をやっつけたからと、お礼をいいました。けれども、ノンノ達は魔女をやっつけたのは、お母さんだと思っていました。そこで、ノンノ1がいいました。

「『ありがとう』はおかあさんにいってよ。それより、ぼく達をムラサキヌマに連れて行って！」他のノンノ達も真剣《しんけん》に頼《たの》みました。

黒ヒョウさんは、初めはなんのかのといって反対しましたが、ノンノ達のあまりの熱意に負けて、いうことを聞いてくれました。その代わり、彼女のテレビ局でノンノ達のインタビューをするやくそくをしました。

29　一緒に悲しもう

ノンノ達は、黒ヒョウさんの友達が運転するテレビ局のバスに乗って、ムラサキヌマに向かいました。大型トラックの荷台でゆさぶられていた行きとは大違いで、まるで、遠足旅行のようでした。

ムラサキヌマの岸辺には、タオシッコレの小屋が、なつかしそうにノンノ達を待っていました。ノンノ達はどっと小屋に入りました。

小屋はからで、いつもとは様子が違って、生きているのがいやになった人の、とっちらかった、きたない、なげやりの部屋に変わっていました。たくさんあった、こけし人形は、皆斧《おの》で割《わ》られ、散らばって、死んだようになってい

ました。

「タオさん、どこへ行っちまったんだ。」

ノンノ1が青くなっていいました。手分けして、皆で探しました。暗くなるまで探しても、タオシッコレは見つかりませんでした。

夜になって、ノンノ1は、皆をあつめていいました。

「考えたんだけど、タオさんが帰ってきたら、タオさんの前では、ぼく達も人の言葉を使うのは止めないか。タオさん、口がカラスのくちばしになって、うんと傷《きず》ついていると思うよ。」

「じゃ、おれ達これから一生カオッ、カオッかい。」

一人のノンノが笑いました。すると、ノンノ1は、笑ったノンノをはげしくしかりつけました。

「おまえ、それでもノンノか！　仲間にしないぞ。」

笑ったノンノはあやまり、皆ノンノ1のいうとおりにしました。

その夜は、前のように外で固まって寝ました。ノンノ達が眠れないでいます

と、夜更けてカオッ、カオッという声が近づきました。

「タオさんだ！　皆、いいな。」

と、ノンノ1がささやきました。

外は、月明かりもない暗闇《くらやみ》でした。カオッ、カオッという声は、タオシッコレの小屋に入り、いつまでも静まりませんでした。

空が白むころ、ノンノ達はもう待ちきれずに、口々に「カオッ、カオッ」と、タオシッコレの小屋に向かって、呼びかけました。

ドアがバタッと開いて、タオシッコレが現われました。こわい目と、黒くて太いくちばしが、ノンノ達をふるえさせました。

が、そんなこわさにひるまず、ノンノ1は、「クアッ、クアッ」と、鳴き続けました。それは「タオさん、ぼく達のこと忘《わす》れたの？　またここで、仲良く暮らそうよ。」と、いっているように聞こえました。皆も、ノンノ1に習って、一生けんめい気持ちを伝えようとしました。

すると、時間がたつにつれて、タオシッコレの顔の表情が和《やわ》らいできました。ノンノ達は、タオシッコレのそばにかけより、その腰にしがみつきました。

タオシッコレは、「そんなに一度にしがみつかれちゃ、かなわねえよ。」と、いうように、「カ、カ、カ、カ、カオッ」と、鳴きました。

タオシッコレとノンノ達のおかしな生活が始まりました。ノンノ1との約束通り、皆はタオシッコレの前では、いいえ、タオシッコレのいないときでも、人の言葉を使おうとしませんでした。人の言葉を使わなくても、顔つきと身ぶりでなんとか気持ちが伝わりました。それに、人の言葉を使わないことが、何か、新しいゲームに挑戦しているような気分でした。

こうして、夏、秋、冬と、きびしい日々が過ぎ去りました。その間、ノンノ達は、黒ヒョウさんに、招《まね》かれて、テレビ局へ行き、インタビューに答えたり、歌を歌ったり、独楽《こま》を回したりする日もありました。しかし、ノンノ1が、黒ヒョウさんにはしっかりとノンノ達の秘密を伝えておきましたので、タオシッコレには、気づかれませんでした。「タオさんと一緒に悲しもう」というノンノ達の必死の思いが実《みの》ったのです。

30　ボンボラの歌

春まだ浅く雪の深い、ある朝のことでした。ノンノ達とタオシッコレが、たきぎを拾い集めたり、割《わ》ったりしていますと、山の上の方から、白いひげを生やした、大男が一人スキーで滑り降りてきて、シャリッと、ストップしました。ノンノ達は「だれ?」「だれ?」というように、「カオッ」「カオッ」と、口口にいいました。

それを見た大男は、にっこりと笑って、指をパッチンと鳴らしました。すると・・・不思議にも、ノンノ達が「カオッ」といったのに、タオシッコレだけが、「だれ?　あんた」と、人の言葉を口にしました。思わず、ノンノ達は皆タオシッコレの顔を見ました。その顔から、カラスのくちばしが消えていました。そればかりか、曲がっていた鼻がまっすぐな普通の鼻になって、タオシッコレは、とっても美しい男の人に変身していました。

「タオさん、直《なお》ったね。良かった！」

皆いっせいに、躍《おど》り上がりました。

「でも、どうして直ったのかな。」

ノンノ3がいうと、ノンノ4がすかさずいいました。

「あの人が指をパッチンと鳴らしたからだよ。」

「あの人って・・・人なのかな。」

ノンノ5が皆の顔を見回しました。

大男は、大またでやって来て、太く笑っていいました。

「私は人さ。」

ノンノ1が聞きました。

「名前は？」

「ヨーク・シッテルだよ。」

「へー、ヨーク・シッテルさんですか。

それなら、教えて！」

「ああ、なんでも。」

「クイクイ袋《ぶくろ》は、どこにあるの？」

「あれなら、ヨルノ・ヤミの庭にある、『魔王石』の中に隠《かく》れている。

さて・・・と。今日ここにきたのは、皆にすばらしいプレゼントをわたしたいからだ。

皆、そばによって、右手を出しなさい。

あ、タオシッコレもいいよ。」

ノンノ達とタオシッコレは、静かにヨーク・シッテルに近づき、右手をさしだしました。

ヨーク・シッテルは、ポケットから紙の袋を出し、その袋から小さい粒のようなものを出して、皆の右手の平にのせていいました。

「これはね、ネンネの木のたねだ。春になったら、これをまいてごらん。ネンネの木から、皆のような、たくさんのノンノが生まれるよ。

ネンネの木は、だいじに、だいじに育てなさい。でないと、悪いノンノが生まれてしまうよ。

では、さようなら。元気でね。」

ヨーク・シッテルは、からになった紙袋をポケットにしまって、立ち上がり、ゆきかけました。

「おお、そうだ。いい忘《わす》れるところだった。

クイクイ袋《ぶくろ》から、出すときの言葉を教えておこう。覚えておきなさい。

『クイーッ、クイーッ、

ボンボラモロモントダーレ。』」

ヨーク・シッテルは、この言葉を三回声高くとなえて、去っていきました。

ノンノ達とタオシッコレは、すぐにヤミの家に向かって、山を登りました。

ヤミの家は、からっぽで、荒れ果てていました。

ノンノ達は、ヨーク・シッテルがいった、「魔王石」を探しました。

それは、家の裏のしげみに、ありました。

おそろしい顔の浮き出た大石でした。

タオシッコレがその石をよーく調べて、開け口のひびを探し、道具を使って開けてくれました。

見覚えのある、黒い大きな袋が入っていました。さわるのも気味が悪くて、ノンノ達は互いに顔を見合わせました。

タオシッコレが、袋を取り出して、地面に横たえると、皆に向かっていいました。

「さ、皆いっしょに、セーノ！」

皆、声をそろえて、さけびました。

「クイーッ、クイーッ、
ボンボラモロモントダーレ！」

すると、袋の底がもくもくふくらみ始めました。ノンノ達は、袋から何かこわーい怪物が出てくるような気がしてあとじさりしました。ところが、出てきたのは、おなかの出た警察官でした。その警察官は、眠そうな目をこすりこすりいいました。

「袋の中に広い花畑があって、とってもきれいでしたよ。」

ノンノ達とタオシッコレは、それから盛《さか》んに「クイーッ、クイーッ、ボンボラモロモントダーレ」を大声を張り上げてとなえ続けました。調子に乗って、呪文《じゅもん》は次第にふしがついて、「ボンボラの歌」に変わっていきました。

歌っている間に、袋から出てくる人がどんどんふえて、そこいらへんにいっぱいになりました。合羽《かっぱ》を着た六人の警察官、ショッピングバッグを下げたおばさん、スーツ姿の会社員、ランドセルを背負った小学生、宅急便のユニフォームをつけた青年、セーラー服の女子学生。身なりのきたない六人の子ども達も現われました。鉛筆のように細い新聞記者も。大きなカメラをかついだ男も。コグマの人形を腰に下げた若い男女も。その兄と両親も。サングラスの若い男も。そしてさいごにはカマキリが・・・。

袋から人が現われる度に人々の間からドーッと拍手がわき起こりました。袋から出たての人も、「ボンボラの歌」の合唱と、次に出る人への拍手に加わりました。

こうして、クイクイ袋《ぶくろ》は、その底にもぐりこんでいたすべての人を出し切った時、黒い水に変わって、地面にしみこんで消えました。

夕方のカラスが鳴いていました。

袋から出たおおぜいの人達は、袋の中の世界について話しながら山を下りました。

あとで、ノンノ達とタオシッコレは、夜の闇《やみ》に包まれて、森の木々にも話を聞かれないように、ひそひそと話をしました。

「あの人って、ほんとうはだれだったのだろうね。」

「ああ、ヨーク・シッテルさんのことだね。」

「だれも知らない秘密《ひみつ》を知っていたし・・・。」

「ぼく達にネンネの木の実をくれたし・・・。」

「とっても、やさしかったし・・・。」

お・し・ま・い

（2008．7．20記）

「歌えば魔女に食べられる」をお読みになったあなたへ

大海《おおうみ》　赫《あかし》

ぼくは「クイーッ、クイーッ、ボンボラモロモントダーレ」の呪文と共にクイクイ袋から這《は》い出して来て、今年で五歳になる子どもです。

クリスチャンですが、ぼくはキリスト教でよくいわれている「天国」を信じてはいません。一度脳髄が死滅したのに、またも来世とやらがあって、そこで人間が本当に幸せになれるなんて、虫のいいナンセンスではありませんか？

来世は来世であって、そこはまたこの世とは全く異なる世界です。今生きているこの世を天国にするのも、地獄に作りかえるのも人間しだいでしょう。もし、この世が地獄ならばどんな苦難を乗り越えてでも天国に作り替えるだけの能力は、人間に与えられています。万一この世が地獄になってしまうのなら、それは人類がそれだけの能力しか具《そな》わっていなかっただけの証しでしょう。

現在少子化といって、子どもの数がどんどん減っています。そして将来は老人ばかりが医学の発展のせいで、よれよれになっても生きのびるでしょう。

ぼくが考えついた、「ネンネの木の種子」は、新しい人間の世界を創造しなさいという、神様からのプレゼントです。

今後科学がどれほど進歩しようと、人間には朝顔の種一つ、蟻の子一匹、ましてやロボットは無数に製造できても、人の子一人創造することはできません。にもかかわらず、人間に無限の能力が具わっていると過信するのは、人間の呆れ果てた愚かさに他なりません。

僕の家の庭には、「天国」の旗が力強くひるがえっています。（裏表紙に、その旗を載せました。）あなたも、ご自分の家の前にご自分のデザインで「天国」の旗を創って高々と掲げてください。

その時こそ、天国があなたの上に下ってきます。

あなたの幸せを心から祈っていますよ！

ではね？　ごきげんよう！　さようなら！

大海　赫

1931 年、東京・新橋生まれ。早稲田大学大学院仏文研究科修了。
長く学習塾を経営。やがて、童話制作に専念。
著書は「ビビを見た！」「クロイヌ家具店」ほか、多数。
第 44 回児童文化功労賞受賞。

[レターのあて先] 〒 150-0036 東京都渋谷区南平台町 16-17
渋谷ガーデンタワー 10F
株式会社復刊ドットコム気付　大海　赫　先生
[ホームページ] http://homepage2.nifty.com/akasiooumi-4074

歌えば魔女に食べられる

作・画　大海《おおうみ》　赫《あかし》

Printed in Japan
ISBN978-4-8354-5114-5
C0093

2014 年 9 月 25 日　初版発行

発　行　人　左田野　渉
発　行　所　株式会社復刊ドットコム
〒 150–0036
東京都渋谷区南平台町 16-17
電話　03-6800-4460（代）
URL　http://www.fukkan.com/
印刷・製本　シナノ書籍印刷株式会社